Patrick Modiano

La Petite Bijou

Gallimard

Pour Zina   Pour Marie

Tous les personnages de ce livre sont imaginaires
et ne peuvent être en aucune sorte assimilés
à des personnes ayant existé.

Une douzaine d'années avait passé depuis que l'on ne m'appelait plus « la Petite Bijou » et je me trouvais à la station de métro Châtelet à l'heure de pointe. J'étais dans la foule qui suivait le couloir sans fin, sur le tapis roulant. Une femme portait un manteau jaune. La couleur du manteau avait attiré mon attention et je la voyais de dos, sur le tapis roulant. Puis elle marchait le long du couloir où il était indiqué « Direction Château-de-Vincennes ». Nous étions maintenant immobiles, serrés les uns contre les autres au milieu de l'escalier, en attendant que le portillon s'ouvre. Elle se tenait à côté de moi. Alors j'ai vu son visage. La ressemblance de ce visage avec celui de ma mère était si frappante que j'ai pensé que c'était elle.

Une photo m'était revenue en mémoire, l'une des quelques photos que j'ai gardées de ma mère. Son visage est éclairé comme si un projecteur l'avait fait surgir de la nuit. J'ai toujours éprouvé une gêne devant cette photo. Dans mes rêves, chaque fois, c'était une photo anthropométrique que quelqu'un me tendait — un commissaire de police, un employé de la morgue — pour que je puisse identifier cette personne. Mais je restais muette. Je ne savais rien d'elle.

Elle s'est assise sur l'un des bancs de la station, à l'écart des autres qui se serraient au bord du quai en attendant la rame. Il n'y avait pas de place libre sur le banc, à côté d'elle, et je me tenais debout, en retrait, appuyée contre un distributeur automatique. La coupe de son manteau avait été sans doute élégante autrefois, et sa couleur vive lui donnait une note de fantaisie. Mais le jaune s'était terni et il était devenu presque gris. Elle paraissait ignorer tout ce qui l'entourait et je me suis demandé si elle resterait là, sur le banc, jusqu'à l'heure du dernier métro. Le même profil que celui de ma mère, le nez si particulier, légèrement relevé du bout. Les mêmes yeux clairs. Le même front haut. Les cheveux étaient plus courts. Non, elle n'avait pas beaucoup changé. Les cheveux n'étaient plus aussi blonds, mais, après tout, j'ignorais si ma mère avait été vraiment blonde. La bouche se contractait dans un pli d'amertume. J'avais la certitude que c'était elle.

Elle a laissé passer une rame. Le quai était vide pendant quelques minutes. Je me suis assise sur le banc à côté d'elle. Puis, de nouveau, le quai était envahi d'une foule compacte. J'aurais pu engager la conversation. Je ne trouvais pas les mots et il y avait trop de monde autour de nous.

Elle allait s'endormir sur le banc, mais, quand le bruit de la rame n'était encore qu'un tremblement lointain, elle s'est levée. Je suis montée dans le wagon, derrière elle. Nous étions séparées par un groupe d'hommes qui parlaient très fort entre eux. Les portières se sont refermées et c'est alors que j'ai pensé que j'aurais dû prendre, comme d'habitude, le métro dans l'autre direction. À la station suivante, j'ai été poussée sur le quai par le flot de ceux qui sortaient, puis je suis remontée dans le wagon et je me suis rapprochée d'elle.

Dans la lumière crue, elle paraissait plus vieille que sur le quai. Une cicatrice lui barrait la tempe gauche et une partie de la joue. Quel âge pouvait-elle avoir ? Une cinquantaine d'années ? Et quel âge sur les photos ? Vingt-cinq ans ? Le regard était le même qu'à vingt-cinq ans, clair, exprimant l'étonnement ou une crainte vague, et il se durcissait brusquement. Par hasard, il s'est posé sur moi, mais elle ne me voyait pas. Elle a sorti de la poche de son manteau un poudrier qu'elle a ouvert,

11

elle a rapproché le miroir de son visage, et elle passait le petit doigt de sa main gauche au coin de la paupière, comme pour chasser une poussière de son œil. Le métro prenait de la vitesse, il y a eu un cahot, je me suis retenue à la barre métallique, mais elle, elle n'a pas perdu l'équilibre. Elle restait impassible, à se regarder dans le poudrier. À Bastille, ils sont parvenus tant bien que mal à monter tous, et les portières se sont refermées avec difficulté. Elle avait eu le temps de ranger son poudrier avant que les autres affluent dans le wagon. À quelle station allait-elle descendre ? La suivrais-je jusqu'au bout ? Était-ce vraiment nécessaire ? Il faudrait s'habituer à l'idée qu'elle habitait dans la même ville que moi. On m'avait dit qu'elle était morte, il y avait longtemps, au Maroc, et je n'avais jamais essayé d'en savoir plus. « Elle était morte au Maroc », l'une de ces phrases qui datent de l'enfance, et dont on ne comprend pas tout à fait la signification. De ces phrases, seule leur sonorité vous reste dans la mémoire comme certaines paroles de chansons qui me faisaient peur. « Il était un petit navire… » « Elle était morte au Maroc. »

Sur mon acte de naissance était mentionnée la date de sa naissance à elle : 1917, et, à l'époque des photos, elle prétendait avoir vingt-cinq ans. Mais, déjà, elle avait dû tricher sur son âge et falsifier ses papiers pour se rajeunir. Elle a relevé le col de son manteau comme si elle avait froid dans ce wagon où l'on était pourtant les uns contre les autres. J'ai vu que la frange du col était complètement élimée. Depuis quand portait-elle ce manteau ? Depuis l'époque des photos ? Voilà pourquoi le jaune était terni. Nous arriverions au bout de la ligne et, là, un bus nous mènerait jusqu'à une banlieue lointaine. C'était à ce moment-là que je l'aborderais. Après la gare de Lyon, il y avait moins de monde dans le wagon. De nouveau, son regard se posait sur moi, mais c'était le regard que les voyageurs échangent machinalement entre eux. « Vous souvenez-vous qu'on m'appelait la Petite Bijou ? Vous aussi, à l'époque, vous aviez pris un faux nom. Et même un faux prénom qui était Sonia. »

Maintenant, nous étions assises l'une en face de l'autre sur les banquettes les plus proches des portières. « J'avais essayé de vous retrouver dans l'annuaire et, même, j'avais téléphoné aux quatre ou cinq personnes qui portaient votre vrai nom, mais elles n'avaient jamais entendu parler de vous. Je me disais qu'un jour je devrais aller au Maroc. C'était le seul moyen de vérifier si vous étiez bien morte. »

Après Nation, le wagon était vide, mais, elle, toujours assise en face de moi sur la banquette, les deux mains jointes, et les manches du manteau grisâtre découvrant ses poignets. Des mains nues, sans la moindre bague, le moindre bracelet, des mains gercées. Sur les photos, elle portait des bracelets et des bagues — des bijoux massifs comme il y en avait à l'époque. Mais aujourd'hui, plus rien. Elle avait fermé les yeux. Encore trois stations et ce serait la fin de la ligne. Le métro s'arrêterait à Château-de-Vincennes, et, moi, je me lèverais le plus doucement possible, et je sortirais du wagon, en la laissant endormie sur la banquette. Je monterais dans l'autre métro, direction Pont-de-Neuilly, comme je l'aurais fait si je n'avais pas remarqué ce manteau jaune tout à l'heure, dans le couloir.

La rame s'est arrêtée lentement à la station Bérault. Elle avait ouvert ses yeux qui reprenaient leur éclat dur. Elle a jeté un regard sur le quai, puis elle s'est levée. Je la suivais de nouveau le long du couloir, mais, maintenant, nous étions seules. Alors, j'ai remarqué qu'elle portait ces chaussons en tricot en forme de socquettes que l'on appelait panchos, et cela accentuait sa démarche d'ancienne danseuse.

Une avenue large, bordée d'immeubles, à la lisière de Vincennes et de Saint-Mandé. La nuit tombait. Elle a traversé l'avenue et elle est entrée dans une cabine téléphonique. J'ai laissé s'allumer et s'éteindre quelques feux rouges et j'ai traversé à mon tour. Dans la cabine téléphonique, elle a mis un certain temps avant de trouver des pièces de monnaie ou un jeton. J'ai fait semblant d'être absorbée par la vitrine du magasin le plus proche de la cabine, une pharmacie où il y avait, en devanture, cette affiche qui m'effrayait dans mon enfance : le diable soufflant du feu par la bouche. Je me suis retournée. Elle composait un numéro de téléphone lentement, comme si c'était la première fois. Elle tenait le combiné des deux mains, contre son oreille. Mais le numéro ne répondait pas. Elle a raccroché, elle a sorti de l'une des poches du manteau un bout de papier, et, tandis que son doigt faisait tourner le cadran, elle ne détachait pas le regard du bout de papier. C'est alors que je me suis demandé si elle avait un domicile quelque part.

Cette fois-ci, quelqu'un lui avait répondu. Derrière la vitre, elle bougeait les lèvres. Elle tenait toujours le combiné des deux mains, et, de temps en temps, elle hochait la tête, comme pour concentrer son attention. D'après les mouvements des lèvres, elle parlait de plus en plus fort, mais cette véhémence finissait par se calmer. À qui pouvait-elle bien téléphoner ? Parmi les rares objets qui me restaient d'elle, dans la boîte à biscuits en métal, un agenda et un carnet d'adresses dataient de l'époque des

15

photos, cette époque où l'on m'appelait la Petite Bijou. Quand j'étais plus jeune, je n'avais jamais la curiosité de consulter cet agenda et ce carnet, mais, depuis quelque temps, le soir, j'en tournais les pages. Des noms. Des numéros de téléphone. Je savais bien qu'il était inutile de les composer. D'ailleurs je n'en avais pas envie.

Dans la cabine, elle continuait de parler. Elle semblait si absorbée par cette conversation que je pouvais me rapprocher sans qu'elle remarque ma présence. Je pouvais même faire semblant d'attendre mon tour pour téléphoner, et saisir à travers la vitre quelques mots qui me feraient mieux comprendre ce que cette femme en manteau jaune et panchos était devenue. Mais je n'entendais rien. Elle téléphonait peut-être à l'un de ceux qui figuraient sur le carnet d'adresses, le seul qu'elle n'avait pas perdu de vue, ou qui n'était pas mort. Souvent, quelqu'un reste présent tout le long de votre vie, sans que vous parveniez jamais à le décourager. Il vous aura connu dans les moments fastes, mais, plus tard, il vous suivra dans la débine, toujours aussi admiratif, le seul à vous faire encore crédit, à éprouver pour vous ce qu'on appelle la foi du charbonnier. Un clochard comme vous. Un bon chien fidèle. Un éternel souffre-douleur. J'essayais de m'imaginer quelle était l'allure de cet homme, ou de cette femme, à l'autre bout du fil.

Elle est sortie de la cabine. Elle m'a jeté un regard indifférent, le même regard qu'elle avait posé sur moi dans le métro. J'ai ouvert la porte vitrée. Sans glisser un jeton dans la fente, j'ai composé, au hasard, pour rien, un numéro de téléphone, en attendant qu'elle s'éloigne un peu. Je gardais le combiné contre mon oreille, et il n'y avait même pas de tonalité. Le silence. Je ne pouvais pas me résoudre à raccrocher.

Elle est entrée dans le café, à côté de la pharmacie. J'ai hésité avant de la suivre, mais je me suis dit qu'elle ne me remarquerait pas. Qui étions-nous toutes les deux ? Une femme d'âge incertain et une jeune fille perdues dans la foule du métro. De cette foule, personne n'aurait réussi à nous distinguer. Et quand nous étions remontées à l'air libre, nous étions semblables à des milliers et des milliers de gens qui reviennent le soir dans leur banlieue.

Elle était assise à une table du fond. Le blond joufflu du comptoir lui avait apporté un kir. Il faudrait vérifier si elle venait ici, chaque soir, à la même heure. Je me suis promis de retenir le nom du café. Calciat, 96, avenue de Paris. Le nom était inscrit sur la vitre de la porte, en arc de cercle et en carac-

17

tères blancs. Dans le métro, sur le chemin du retour, je me répétais le nom et l'adresse pour l'écrire dès que je le pourrais. On ne meurt pas au Maroc. On continue de vivre une vie clandestine, après sa vie. On boit chaque soir un kir au café Calciat et les clients ont fini par s'habituer à cette femme au manteau jaune. On ne lui a jamais posé de questions.

Je m'étais assise à une table, pas très loin de la sienne. Moi aussi, j'avais commandé un kir, à haute voix, pour qu'elle l'entende, en espérant qu'elle verrait là un signe de connivence. Mais elle était restée impassible. Elle gardait la tête légèrement penchée, le regard à la fois dur et mélancolique, les bras croisés et appuyés sur la table, dans la même attitude que celle où on la voyait sur le tableau. Qu'était-il devenu, ce tableau ? Il m'avait suivie pendant toute mon enfance. Il était accroché au mur de ma chambre à Fossombronne-la-Forêt. On m'avait dit : « C'est le portrait de ta mère. » Un type qui s'appelait Tola Soungouroff l'avait peint à Paris. Le nom et la ville étaient inscrits au bas du tableau, sur le côté gauche. Les bras étaient croisés, comme maintenant, à cette différence près qu'un lourd bracelet à chaînons entourait l'un des poignets. J'avais là un prétexte pour engager la conversation. « Vous ressemblez à une femme dont j'ai vu le portrait la semaine dernière au marché aux puces, porte de Clignancourt. Le peintre s'appelait Tola Soungouroff. » Mais je ne trouvais pas l'élan pour me lever, et me pencher vers elle. À supposer que je parvienne à prononcer la phrase sans me tromper : « Le peintre s'appelait Tola Soungouroff, et vous, Sonia, mais c'était un faux prénom ; le vrai, tel qu'on peut le lire sur mon acte de naissance, était Suzanne. » Oui, une fois la phrase prononcée, très vite, qu'est-ce que cela m'apporterait de plus ? Elle ferait semblant de ne pas comprendre, ou bien les mots se bousculeraient sur ses lèvres, et ils viendraient dans le désordre, parce qu'elle n'avait parlé à personne depuis longtemps. Mais elle mentirait, elle brouillerait les pistes, comme elle l'avait fait à l'époque du tableau et des photos en trichant sur son âge et en se donnant un faux prénom. Et aussi un faux nom. Et même un faux titre de noblesse. Elle laissait croire qu'elle était née dans une famille de l'aristocratie irlandaise. Je suppose qu'un Irlandais avait croisé son chemin, sinon elle n'aurait pas eu cette idée-là. Un Irlandais. Mon père peut-être — qu'il serait très difficile de retrouver, et qu'elle avait dû oublier. Elle avait sans doute oublié tout le reste, et elle aurait été surprise que je lui en parle. Il s'agissait d'une autre personne qu'elle. Les mensonges s'étaient dissipés avec le temps. Mais, à

19

l'époque, j'étais sûre qu'elle y avait cru, à tous ces mensonges.

Le blond joufflu lui avait apporté un autre kir. Il y avait maintenant beaucoup de monde devant le comptoir. Et ils occupaient toutes les tables. Nous n'aurions pas pu nous entendre dans ce brouhaha. J'avais l'impression d'être encore dans le wagon du métro. Ou plutôt dans la salle d'attente d'une gare, sans savoir exactement quel train je devais prendre. Mais, pour elle, il n'y avait plus de train. Elle retardait l'heure de rentrer chez elle. Ça n'était pas très loin d'ici, sans doute. J'étais vraiment curieuse de savoir où. Je n'avais pas du tout envie de lui parler, je n'éprouvais à son égard aucun sentiment particulier. Les circonstances avaient fait qu'entre nous il n'y avait pas eu ce qui s'appelle le lait de la tendresse humaine. La seule chose que je voulais savoir, c'était où elle avait fini par échouer, douze ans après sa mort au Maroc.

C'était une petite rue, dans les parages du château ou du fort. Je ne sais pas très bien la différence entre les deux. Elle était bordée de maisons basses, de garages et même d'écuries. D'ailleurs elle s'appelait la rue du Quartier-de-Cavalerie. Sur le trottoir de droite, en son milieu, se détachait la masse d'un grand immeuble de brique sombre. Il faisait nuit quand nous nous sommes engagées dans la rue. Je marchais encore à quelques mètres derrière elle, mais, peu à peu, je réduisais la distance entre nous. J'avais la certitude que même si je marchais à sa hauteur, elle ne s'en apercevrait pas. J'y suis retournée de jour, dans cette rue. Vous dépassiez l'immeuble de brique et, là-bas, vous alliez déboucher sur le vide. Le ciel était dégagé. Mais quand vous arriviez au bout de la rue, vous vous aperceviez qu'elle donnait sur une sorte de terrain vague qui longeait une étendue plus vaste. Un écriteau indiquait : « Champ de manœuvres. » Au-delà, commençait le bois de Vincennes. De nuit, cette rue ressemblait à n'importe quelle rue de la banlieue : Asnières, Issy-les-Moulineaux, Levallois... Elle avançait lentement, de sa démarche d'ancienne danseuse. Ça ne devait pas être facile avec les panchos.

L'immeuble écrasait tous les autres bâtiments de sa masse sombre. On se demandait pourquoi on l'avait construit dans cette rue. Au rez-de-chaussée, un magasin d'alimentation sur le point de fermer. On avait déjà éteint les néons et il ne restait plus qu'une lumière à la caisse. Je la voyais derrière la vitre prendre à l'étalage du fond une boîte de conserve, puis une autre. Et un paquet noir. Du café ? De la chicorée ? Elle serrait les boîtes de conserve et le paquet contre son manteau, mais, arrivée devant la caisse, elle a eu un faux mouvement. Les boîtes de conserve et le paquet noir sont tombés. Le type de la caisse les a ramassés. Il lui souriait. Leurs lèvres bougeaient à tous les deux, et j'aurais été curieuse de savoir comment il l'appelait. Par son vrai nom de jeune fille ? Elle est sortie et elle serrait toujours les boîtes de conserve et le paquet des deux bras contre son manteau, un peu comme on porte un nouveau-né. J'ai failli lui proposer mon aide, mais la rue du Quartier-de-Cavalerie m'a brusquement semblé très loin de Paris, perdue au fond d'une province, dans une ville de garnison. Bientôt tout fermerait, la ville serait déserte et je manquerais le dernier train.

Elle a franchi la grille. Dès que j'avais vu de loin cette masse de brique sombre, j'avais eu le pressentiment qu'elle habitait là. Elle traversait la cour au fond de laquelle s'élevaient plusieurs immeubles semblables à celui de la rue. Elle marchait de plus en plus lentement, comme si elle avait peur de laisser tomber ses provisions. De dos, on aurait dit qu'elle portait un poids trop lourd pour ses forces, et que c'était elle, à chaque instant, qui risquait de tomber.

Elle est entrée dans l'un des immeubles, tout au fond, vers la gauche. Chacune de leurs entrées portait l'indication : Escalier A. Escalier B. Escalier C. Escalier D. Elle, c'était l'escalier A. Je suis restée un moment devant la façade, et j'attendais qu'une fenêtre s'allume. Mais j'ai attendu pour rien. Je me suis demandé s'il y avait un ascenseur. Je l'ai imaginée montant l'escalier A et serrant contre elle les boîtes de conserve. Cette pensée ne me quittait pas, même dans le métro du retour.

J'ai retrouvé le même chemin, les soirs suivants. À l'heure exacte où je l'avais rencontrée la première fois, j'attendais, assise sur un banc, à la station Châtelet. Je guettais le manteau jaune. Le portillon s'ouvre au départ du métro, le flot des voyageurs se répand sur le quai. À la prochaine rame, ils s'entasseront dans les wagons. Le quai est vide, il se remplit à nouveau, et l'attention finit par se relâcher. Vous vous laissez engourdir par les allées et venues, vous ne voyez plus rien de précis, même pas un manteau jaune. Une lame de fond vous pousse dans l'un des wagons. Je me souviens qu'à cette époque les mêmes affiches défilaient à chaque station. Un couple avec trois enfants blonds autour d'une table, le soir, dans un chalet de montagne. Une lampe éclairait leurs visages. Dehors, la neige tombait. Ce devait être Noël. Il était écrit, en haut de l'affiche : PUPIER, LE CHOCOLAT DES FAMILLES.

La première semaine, je suis allée une seule fois à Vincennes. La semaine suivante, deux fois. Puis encore deux autres fois. Dans le café, il y avait trop de monde vers 7 heures du soir pour qu'on me remarque. La deuxième fois, je me suis risquée à demander au blond joufflu qui servait les consommations si la dame au manteau jaune viendrait aujour-d'hui. Il a froncé les sourcils sans paraître comprendre. On l'interpellait à une table voi-sine. Je crois qu'il ne m'avait pas entendue. Mais il n'aurait pas eu le temps de me ré-pondre. Pour lui aussi, c'était l'heure de pointe. Peut-être n'était-elle pas du tout une habituée de ce café. Elle ne vivait pas dans ce quartier. La personne à qui elle avait téléphoné dans la cabine habitait l'immeuble de brique et, ce soir-là, elle était venue lui rendre visite. Elle lui avait apporté des boîtes de conserve. Plus tard, elle avait pris le métro dans l'autre direc-tion comme je l'avais fait moi aussi et elle était rentrée chez elle, à une adresse que je ne connaîtrais jamais. Le seul point de repère, c'était l'escalier A. Mais il faudrait frapper aux portes de chaque palier et demander à ceux qui voudraient bien m'ouvrir s'ils connais-saient une femme d'une cinquantaine d'années avec un manteau jaune et une cicatrice sur le visage. Oui, elle était venue un soir de la semaine précédente après avoir acheté, dans le magasin qui donnait sur la rue, des boîtes de conserve et un paquet de café. Que pourraient-ils bien me répondre ? J'avais rêvé tout ça.

Et pourtant, elle a fini par reparaître la cinquième semaine. Au moment où je sortais de la bouche du métro, je l'ai vue dans la cabine téléphonique. Elle portait son manteau jaune. Je me suis demandé si elle aussi venait de sortir du métro. Il y aurait donc dans sa vie des trajets et des horaires réguliers… J'avais peine à l'imaginer exerçant un travail quotidien, comme tous ceux qui prenaient le métro à cette heure-là. Station Châtelet. C'était bien vague pour en savoir plus. Des dizaines de milliers de gens échouent vers 6 heures du soir à la station Châtelet, avant de s'éparpiller aux quatre points cardinaux des correspondances. Leurs traces se mêlent et se brouillent définitivement. Dans ce flot, il existe des points fixes. Je n'aurais pas dû me contenter d'attendre sur un des bancs de la station. Il faut demeurer longtemps aux endroits où sont les guichets et les marchands de journaux, dans le grand couloir à l'escalier roulant, et aussi dans les autres couloirs. Là, des gens restent toute la journée, mais on ne les remarque qu'après un temps d'accoutumance. Des clochards. Des musiciens ambulants. Des pickpockets. Des égarés qui ne remonteront plus jamais à la surface. Peut-être elle non plus ne quittait-elle pas de la journée la station Châtelet. Je l'observais dans la cabine téléphonique. C'était comme la première fois, elle ne semblait pas avoir obtenu tout de suite la communication. De nouveau, elle composait le numéro. Elle parlait, mais cela durait beaucoup moins longtemps que l'autre soir. Elle raccrochait d'un geste sec. Elle sortait de la cabine. Elle ne s'arrêtait pas au café. Elle suivait l'avenue de Paris, toujours de sa démarche de vieille danseuse. Nous arrivions à Château-de-Vincennes. Pourquoi ne descendait-elle pas à cette station de métro qui était la fin de la ligne ? À cause de la cabine téléphonique et du café où elle avait l'habitude de boire un kir avant de rentrer chez elle ? Et les autres soirs où je ne l'avais pas vue ? Mais elle était certainement descendue à la station Château-de-Vincennes, ces soirs-là. Il fallait lui parler, sinon elle finirait par s'apercevoir que quelqu'un la suivait. Je cherchais une phrase, la plus brève possible. Je lui tendrais tout simplement la main. Je lui dirais : « Vous m'aviez appelée la Petite Bijou. Vous devez vous en souvenir… » Nous nous approchions de l'immeuble et, comme le premier soir, je ne trouvais pas en moi l'élan pour l'aborder. Au contraire, je la laissais me distancer, je sentais une langueur de plomb monter dans mes jambes. Mais aussi une sorte de soulagement à mesure qu'elle s'éloignait. Ce soir-là, elle ne s'est pas arrêtée dans le magasin pour acheter des boîtes de conserve. Elle traversait la cour de l'immeuble, et moi je restais derrière la grille. La cour n'était éclairée que par un globe, au-dessus du porche de l'escalier A. Sous cette lumière, le manteau reprenait sa couleur jaune. Elle courbait légèrement le dos et elle s'avançait vers l'entrée de l'escalier A d'un pas harassé. Le titre d'un livre d'images que je lisais, du temps où je m'appelais la Petite Bijou, m'est revenu en mémoire : *Le Vieux Cheval de cirque.*

Quand elle a disparu, j'ai franchi la grille. Sur le côté gauche, une porte vitrée à laquelle était fixé un panneau — une liste de noms, par ordre alphabétique et, à côté de chacun d'eux, l'escalier correspondant. Il y avait de la lumière à la vitre. J'ai frappé. Dans l'entre-bâillement de la porte est apparu le visage d'une femme brune, les cheveux courts, assez jeune. Je lui ai dit que je cherchais une dame qui habitait ici. Une dame seule en manteau jaune.

Au lieu de refermer la porte sur elle, la femme a froncé les sourcils, comme si elle essayait de se rappeler un nom.

« Ça doit être Mme Boré. Escalier A… j'ai oublié l'étage. »

Elle passait un doigt sur la liste. Elle me désignait un nom. Boré. Escalier A. 4e étage. J'ai commencé à traverser la cour. Quand je l'ai entendue refermer la porte de sa loge, j'ai fait demi-tour et je me suis glissée dans la rue.

*

Ce soir-là, pendant tout le trajet de retour en métro, j'étais sûre de bien garder ce nom en tête. Boré. Oui, cela ressemblait au nom de l'homme dont j'avais cru comprendre autrefois qu'il était le frère de ma mère, un certain Jean Borand. Il m'emmenait le jeudi dans son garage. Était-ce une simple coïncidence ? Pourtant, le nom de famille de ma mère qui figurait sur mon acte de naissance était Cardères. Et O'Dauyé le nom qu'elle avait pris, son nom d'artiste en quelque sorte. Ça, c'était du temps où je m'appelais moi-même la Petite Bijou… Dans ma chambre, j'ai regardé à nouveau les photos, j'ai ouvert l'agenda et le carnet d'adresses qui étaient rangés dans la vieille boîte à biscuits et, au milieu de l'agenda, je suis tombée sur la feuille de papier arrachée à un cahier d'écolier — et que je connaissais bien. La minuscule écriture à l'encre bleue n'était pas celle de ma mère. Dans le haut de la page, il était écrit : SONIA CAR-

DÈRES. Sous le nom, un tiret. Puis ces lignes qui débordaient dans la marge.

Rendez-vous manqué. Malheureuse en septembre. Brouille avec une femme blonde. Tendance à se laisser aller à des solutions de facilité dangereuses. La chose perdue ne se retrouvera jamais. Coup de cœur pour un homme pas français. Changement dans les mois qui viennent. Faites attention à la fin de juillet. Visite d'un inconnu. Pas de danger, mais quand même prudence. Le voyage s'achèvera bien.

Elle avait consulté une tireuse de cartes ou une chiromancienne. Je suppose qu'elle n'était pas très sûre de l'avenir. Tendance à se laisser aller à des solutions de facilité dangereuses. Elle avait eu peur, brusquement, comme dans l'un de ces manèges que l'on nomme chenilles ou scenic railway. Trop tard pour descendre. Ils prennent de la vitesse et l'on se demande bientôt s'ils ne vont pas dérailler. Elle sentait venir la dégringolade. Malheureuse en septembre. Sans doute l'été où je m'étais brusquement retrouvée seule à la campagne. Le train était bondé. Je portais autour du cou un bout de papier où l'on avait écrit une adresse. La chose perdue ne se retrouvera jamais. À la campagne, un peu plus tard, j'avais reçu une carte postale. Elle est au fond de la boîte à biscuits. Casablanca. La place de

30

France. « Je t'embrasse très fort. » Il n'y avait même pas de signature. Une grande écriture, la même que celle de l'agenda et du carnet d'adresses. Jadis, on apprenait aux filles de l'âge de ma mère à écrire très grand. Coup de cœur pour un homme pas français : mais lequel ? Plusieurs noms qui ne sont pas français figurent dans le carnet d'adresses. Faites attention à la fin de juillet. C'était le mois où l'on m'avait expédiée à la campagne à Fossombronne-la-Forêt. Dans ma chambre, on avait accroché au mur le tableau de Tola Soungouroff, si bien que chaque matin, à mon réveil, les yeux de ma mère étaient fixés sur moi. Après avoir reçu la carte postale, je n'ai plus eu aucun signe nouveau. Il ne restait d'elle que ce regard, le matin, et aussi le soir, quand j'étais couchée et que je lisais, ou bien quand j'étais malade. Au bout d'un moment, je m'apercevais que le regard n'était pas vraiment fixé sur moi, mais qu'il se perdait dans le vague.

Pas de danger, mais quand même prudence. Le voyage s'achèvera bien. Des mots que l'on se répète à soi-même dans le noir pour se rassurer. Le jour où elle était allée consulter la voyante, elle savait sans doute qu'elle devait partir pour le Maroc. Et, de toute façon, l'autre l'avait lu dans les cartes ou dans les lignes de sa main. Un voyage. Elle était partie après moi puisqu'elle m'avait accompagnée à la gare d'Austerlitz. Je me souvenais du trajet en voiture, le long de la Seine. La gare se trouvait près des quais. Bien des années plus tard, je m'étais aperçue qu'il suffisait que je passe dans ce quartier de la gare d'Austerlitz pour éprouver une drôle de sensation. Il faisait brusquement plus froid et plus sombre.

J'ignorais où pouvait bien être le tableau. L'avait-on laissé dans mon ancienne chambre à Fossombronne-la-Forêt ? Ou alors, après tout ce temps, avait-il échoué, comme je l'avais imaginé, dans un marché aux puces quelconque, aux portes de Paris ? Dans son agenda, elle avait écrit l'adresse de celui qui l'avait peint, Tola Soungouroff. Le premier nom, à la lettre S. La couleur de l'encre était différente de celle des autres noms, l'écriture plus petite, comme si elle avait voulu s'appliquer. Je supposais que Tola Soungouroff était parmi les premières personnes qu'elle avait connues à Paris. Elle était arrivée un soir, dans son enfance, gare d'Austerlitz, ça j'en étais presque sûre. Le voyage s'achèvera bien. Je crois que la tireuse de cartes s'était trompée, mais peut-être cachait-elle en partie la vérité pour ne pas désespérer les clients. J'aurais voulu savoir quels vêtements portait ma mère, ce jour-là, gare d'Austerlitz, à son arrivée à Paris. Pas le manteau jaune. Et je regrettais aussi d'avoir perdu ce livre d'images qui s'appelait *Le Vieux Cheval de cirque*. On me l'avait donné à la campagne, à Fossombronne-la-Forêt. Mais je me trompe… Je crois que je l'avais déjà dans l'appartement de Paris. D'ailleurs, le tableau lui aussi était accroché au mur de l'une des chambres de cet appartement, la chambre immense avec les trois marches recouvertes de peluche blanche. Sur la couverture du livre, se détachait un cheval noir. Il faisait un tour de piste, on aurait dit le dernier, la tête penchée, l'air las, comme s'il risquait de tomber à chaque pas. Oui, quand je la voyais traverser la cour de l'immeuble, l'image du cheval noir m'était brusquement revenue à l'esprit. Il marchait autour de la piste et les harnais semblaient vraiment lui peser. Ils étaient de la même couleur que le manteau. Jaunes.

Le soir où j'ai cru reconnaître ma mère dans le métro, j'avais rencontré depuis quelque temps déjà celui qui s'appelait Moreau ou Badmaev. C'était à la librairie Mattei, boulevard de Clichy. Elle fermait très tard. Je cherchais un roman policier. À minuit, nous étions les deux seuls clients et il m'avait conseillé un titre de la Série Noire. Puis nous avions parlé en marchant sur le terre-plein du boulevard. Il avait, par moments, une drôle d'intonation qui me faisait penser qu'il était étranger. Plus tard, il m'a expliqué que ce nom, Badmaev, lui venait d'un père qu'il avait à peine connu. Un Russe. Mais sa mère était française. Sur le bout de papier où il m'avait écrit son adresse, ce premier jour, il était indiqué : Moreau-Badmaev.

Nous avions parlé de tout et de rien. Cette nuit-là, il ne m'avait pas dit grand-chose sur lui, sauf qu'il habitait du côté de la porte d'Orléans et qu'il se trouvait ici par hasard. Et c'était un heureux hasard puisqu'il avait fait ma connaissance. Il voulait savoir si je lisais d'autres livres que des romans policiers. Je l'ai accompagné jusqu'à la station de métro Pigalle. Il m'a demandé si nous pouvions nous revoir. Et il m'a dit avec un sourire :

« Comme ça, nous essaierons de voir plus clair. »

Cette phrase m'avait beaucoup frappée. C'était comme s'il lisait dans mes pensées. Oui. J'étais arrivée à une période de ma vie où je voulais voir plus clair.

Tout me paraissait si confus depuis le début, depuis mes plus anciens souvenirs d'enfance… Parfois, ils me visitaient, vers 5 heures du matin, à l'heure dangereuse où vous ne pouvez plus vous rendormir. Alors, j'attendais, avant de sortir dans la rue, pour être sûre que les premiers cafés seraient ouverts. Je savais bien que, dès que j'aurais mis le pied dehors, ces souvenirs fondraient comme des lambeaux de mauvais rêves. Et cela, en n'importe quelle saison. Les matins d'hiver où il fait encore nuit, l'air vif, les lumières qui brillent et les premiers clients réunis devant le zinc comme des conspirateurs vous donnent l'illusion que la journée qui vient sera une nouvelle aventure. Et cette illusion demeure en vous une partie de la matinée. En été, quand la journée s'annonce très chaude et qu'il n'y a pas encore beaucoup de circulation, j'étais assise à la première terrasse ouverte, et je me disais qu'il suffisait de descendre la rue Blanche pour déboucher sur la plage. Ces matins-là, aussi, tous les mauvais souvenirs se dissipaient.

Ce Moreau-Badmaev m'avait donné rendez-vous porte d'Orléans dans un café qui s'appelait Le Corentin. Je suis arrivée la première. Il faisait déjà nuit. Il était 7 heures du soir. Il m'avait dit qu'il ne pouvait pas venir plus tôt parce qu'il travaillait dans un bureau. J'ai vu entrer un type d'environ vingt-cinq ans, grand, brun, qui portait une veste de cuir. Il m'a tout de suite repérée et il s'est assis en face de moi. J'avais eu peur qu'il ne me reconnaisse pas. Il ne saurait jamais que je m'étais appelée la Petite Bijou. Qui le savait encore à part moi ? Et ma mère ? Un de ces jours, il faudrait peut-être que je le lui dise. Pour essayer de voir plus clair.

Il m'a souri. Il m'a dit qu'il avait eu peur de manquer notre rendez-vous. Ce soir-là, on l'avait retenu plus tard que d'habitude. Et puis ses horaires de travail changeaient d'une semaine à l'autre. En ce moment, il travaillait pendant la journée, mais la semaine suivante ce serait de 10 heures du soir à 7 heures du matin. Je lui ai demandé quel était son travail. Il captait des émissions de radio en langues étrangères et il en rédigeait la traduction et le résumé. Et cela pour un organisme dont je ne comprenais pas très bien s'il dépendait d'une agence de presse ou d'un ministère. On l'avait engagé pour ce travail parce qu'il connaissait une vingtaine de langues. J'étais très impressionnée, moi qui ne parlais que le français. Mais il m'a dit que ce n'était pas si difficile que cela. Une fois que l'on avait appris deux ou trois langues, il suffisait de continuer sur la lancée. C'était à la portée de n'importe qui. Et moi, qu'est-ce que je faisais dans la vie ? Eh bien, pour le moment, je vivais de petits travaux à mi-temps, mais j'espérais quand même trouver un travail fixe. J'en avais grand besoin — surtout pour mon moral.

Il s'est penché vers moi et il a baissé la voix :

« Pourquoi ? Vous n'avez pas le moral ? »

Je n'ai pas été choquée par la question. Je le connaissais à peine, mais, avec lui, je me sentais en confiance.

« Qu'est-ce que vous recherchez exactement dans la vie ? »

Il semblait s'excuser de cette question vague et solennelle. Il me fixait de ses yeux clairs et je remarquai que leur couleur était d'un bleu presque gris. Il avait aussi de très belles mains.

« Ce que je recherche dans la vie... »

Je prenais mon élan, il fallait vraiment que je réponde quelque chose. Un type comme lui, qui parlait vingt langues, n'aurait pas compris que je ne réponde rien.

« Je recherche… des contacts humains… »

Il n'avait pas l'air déçu de ma réponse. De nouveau, ce regard clair qui m'enveloppait et me faisait baisser les yeux. Et les belles mains, à plat sur la table, dont j'imaginais les doigts longs et fins courant sur les touches d'un piano. J'étais si sensible aux regards et aux mains… Il m'a dit :

« Il y a un mot que vous avez employé tout à l'heure et qui m'a frappé… le mot "fixe"… »

Je ne m'en souvenais plus. Mais j'étais flattée qu'il ait attaché de l'importance aux quelques paroles que j'avais prononcées. Des paroles si banales.

« Le problème, c'est de trouver un point fixe… »

À ce moment-là, malgré son calme et la douceur de sa voix, il m'a paru aussi anxieux que moi. D'ailleurs, il m'a demandé si j'éprouvais cette sensation désagréable de flotter, comme si un courant vous emportait et que vous ne pouviez vous raccrocher à rien.

Oui, c'était à peu près ce que j'éprouvais. Les jours succédaient aux jours sans que rien ne les distingue les uns des autres, dans un glissement aussi régulier que celui du tapis

roulant de la station Châtelet. J'étais empor-
tée le long d'un couloir interminable et je
n'avais même pas besoin de marcher. Et pourtant, un soir prochain, je verrais brusquement
un manteau jaune. De toute cette foule d'in-
connus à laquelle je finissais par me confondre,
une couleur se détacherait que je ne devrais
pas perdre de vue si je voulais en savoir un
peu plus long sur moi-même.

« Il faut trouver un point fixe pour que la
vie cesse d'être ce flottement perpétuel… »

Il me souriait comme s'il voulait atténuer le
sérieux de ses paroles.

« Une fois que nous trouverons le point
fixe, alors tout ira mieux, vous ne croyez
pas ? »

J'ai senti qu'il cherchait à se rappeler mon
prénom. De nouveau, j'ai eu envie de me présenter en lui disant : « On m'appelait la Petite
Bijou. » Je lui expliquerais tout depuis le
début. Mais j'ai dit simplement :

« Mon prénom, c'est Thérèse. »

L'autre nuit, sur le terre-plein, je lui avais
demandé quel était son prénom à lui et il avait
répondu : « Pas de prénom. Appelez-moi Badmaev tout court. Ou Moreau, si vous préfé-
rez. » Cela m'avait étonnée, mais, plus tard,
j'ai pensé que c'était une volonté de se pro-
téger et de garder ses distances. Il ne voulait

pas établir une trop grande intimité avec les gens. Il cachait peut-être quelque chose.

Il m'a proposé de passer chez lui. Il me prêterait un livre. Il habitait dans les groupes d'immeubles en face du café Le Corentin, de l'autre côté du boulevard Jourdan. Des immeubles de brique, comme celui de Vincennes où je verrais ma mère traverser la cour. Nous longions des façades toutes semblables. Au 11 d'une rue Monticelli, nous sommes montés par l'escalier jusqu'au quatrième étage. La porte donnait sur un couloir au linoléum rouge foncé. Au bout du couloir, nous sommes entrés dans sa chambre. Un matelas à même le sol, et des livres empilés le long des murs. Il m'a proposé de m'asseoir sur la seule chaise, devant la fenêtre.

« Avant que j'oublie… Il faut que je vous donne ce bouquin… »

Il s'est penché vers les piles de livres et les a considérées une par une. Enfin, il en a sorti un livre qui tranchait sur les autres à cause de sa couverture rouge. Il me l'a tendu. Je l'ai ouvert à la page de titre : *Sur les confins de la vie.*

Il avait l'air de s'excuser. Il a dit encore :

« Si ça vous ennuie, vous n'êtes pas obligée de le lire. »

Il s'était assis sur le bord du lit. La chambre n'était éclairée que par une ampoule nue, fixée au bout d'un long trépied. L'ampoule était très petite et de trop faible intensité. À côté du lit, au lieu d'une table de chevet, un énorme poste de radio, avec du tissu. J'en avais connu un semblable à Fossombronne-la-Forêt. Il avait surpris mon regard.

« J'aime bien ce poste, m'a-t-il dit. Je m'en sers quelquefois pour mon travail. Quand je peux le faire à domicile... »

Il s'est penché et il a tourné le bouton. Une lumière verte s'est allumée.

On entendait une voix sourde qui parlait dans une langue étrangère.

« Vous voulez savoir comment je travaille ? »

Il avait pris un bloc de papier à lettres et un stylo à bille qui étaient placés sur le poste de radio et il écrivait en écoutant la voix, au fur et à mesure.

« C'est très facile... Je prends tout en sténo. »

Il s'est rapproché et m'a tendu le papier. À partir de ce soir-là, j'ai toujours gardé sur moi ce papier.

Il était écrit un peu plus bas que les signes en sténo :

Niet lang geleden slaagden matrozen er in de sirenen, enkele mijlen zuidelijd van de azoren, te vangen.

Et la traduction : « Il n'y pas longtemps de ça, des matelots réussirent à attraper des sirènes, à quelques milles au sud des Açores. »

« C'est en néerlandais. Mais il l'a lu avec un léger accent flamand d'Anvers. »

Il a tourné le bouton pour que nous n'entendions plus la voix. Il avait laissé la lumière verte. Voilà, c'était cela, son travail. On lui donnait une liste d'émissions à écouter, de jour ou de nuit, et il devait faire la traduction pour le lendemain.

« Quelquefois, ce sont des émissions qui viennent de très loin… des speakers qui parlent de drôles de langues.

Il les écoutait la nuit, dans sa chambre, pour s'exercer. Je l'imaginais allongé sur le lit, dans l'obscurité que trouait cette lumière verte.

Il s'était de nouveau assis sur le bord du lit. Il m'a dit que depuis qu'il habitait cet appartement, il ne se servait presque pas de la cuisine. Il y avait une autre chambre mais il l'avait laissée vide et n'y entrait jamais. D'ailleurs, à force d'écouter toutes ces radios étrangères, il finissait par ne plus bien savoir dans quel pays il était.

La fenêtre donnait sur une grande cour et sur des façades d'immeubles où d'autres fenêtres, à chaque étage, étaient allumées. Quelque temps plus tard, quand j'ai suivi ma mère pour la première fois jusqu'à son domicile, j'étais sûre que, de sa chambre, la vue était la même que celle de chez Moreau-Bad-

42

maev. J'ai consulté l'annuaire dans l'espoir d'y trouver son nom et j'ai été surprise du nombre de gens qui habitaient là. Une cinquantaine, parmi lesquels une dizaine de femmes seules. Mais son nom de jeune fille n'était pas mentionné, ni le nom d'emprunt qu'elle avait utilisé autrefois. La concierge ne m'avait pas encore indiqué qu'elle s'appelait Boré. Et puis j'avais été de nouveau obligée de consulter l'annuaire par rues. J'avais perdu le numéro de téléphone de Moreau-Badmaev. À son adresse, il y avait autant de noms qu'à celle de ma mère. Oui, les blocs d'immeubles, à Vincennes et porte d'Orléans, étaient à peu près les mêmes. Son nom à lui : Moreau-Badmaev figurait dans la liste. C'était la preuve que je n'avais pas rêvé.

Ce soir-là, au moment où je regardais par la fenêtre, il m'avait dit que la vue était « un peu triste ». Les premiers temps, il avait éprouvé une sensation d'étouffement ici. On entendait tous les bruits des voisins, ceux de l'étage et ceux qui logeaient au-dessous et au-dessus. Un vacarme continu, comme celui des prisons. Il avait pensé que désormais il était enfermé dans une cellule au milieu de centaines et de centaines d'autres cellules occupées par des familles ou par des personnes seules comme lui. À ce moment-là, il revenait d'un long voyage en Iran au cours duquel il

43

avait perdu l'habitude de Paris et des grandes villes. Il était resté là-bas pour essayer d'apprendre une langue, le « persan des prairies ».

Aucun professeur ne l'enseignait, même à l'École des langues orientales. Alors, il fallait bien aller sur place. Il avait fait ce voyage l'année précédente. Le retour à Paris, porte d'Orléans, avait été difficile, mais maintenant les bruits des autres locataires ne le dérangeaient plus du tout. Il lui suffisait d'allumer le poste de radio et de tourner lentement le bouton. Et de nouveau, il était très loin. Il n'avait même plus besoin de voyager. Il suffisait que la lumière verte s'allume.

« Si vous voulez, je pourrais vous apprendre le persan des prairies… »

Il l'avait dit en plaisantant, mais cette phrase avait résonné dans ma tête à cause du mot : prairies. J'ai pensé que j'allais bientôt quitter cette ville et que je n'avais aucun motif sérieux de me sentir prisonnière de rien. Tous les horizons s'ouvraient devant moi, des prairies à perte de vue, qui descendaient vers la mer. Une dernière fois, je voulais rassembler quelques pauvres souvenirs, retrouver des traces de mon enfance, comme le voyageur qui gardera jusqu'à la fin dans sa poche une vieille carte d'identité périmée. Il n'y avait pas grand-chose à rassembler avant de partir.

Il était 9 heures du soir. Je lui ai dit que je devais rentrer chez moi. La prochaine fois, il m'inviterait à dîner, si je le voulais bien. Et il me donnerait une leçon de persan des prairies.

Il m'a accompagnée jusqu'à la station de métro. Je ne reconnaissais pas la porte d'Orléans où, pourtant, jusqu'à seize ans, j'arrivais chaque fois que je venais à Paris. En ce temps-là, le car que j'avais pris à Fossombronne-la-Forêt s'arrêtait devant le café de la Rotonde.

Il me parlait encore du persan des prairies. Cette langue, me disait-il, ressemblait au finlandais. C'était aussi agréable à entendre. On y retrouvait la caresse du vent dans les herbes et le bruissement des cascades.

Les premiers temps, je sentais une drôle d'odeur dans l'escalier. Cela venait de la moquette rouge. Elle devait lentement pourrir. On voyait déjà apparaître, à plusieurs endroits, le bois des marches. Tant de gens avaient monté ces marches, les avaient descendues à l'époque où cet immeuble était un hôtel... L'escalier était raide et commençait dès que l'on avait franchi la porte cochère. Je savais que ma mère avait habité dans cet hôtel. L'adresse figurait sur mon acte de naissance. Un jour que je consultais les petites annonces pour trouver une chambre à louer, j'avais été étonnée de tomber sur cette adresse à la rubrique « Locations studios ».

Je m'étais présentée à l'heure indiquée. Un homme d'une cinquantaine d'années, au teint rouge, m'attendait sur le trottoir. Il m'a fait visiter, au premier étage, une chambre avec une petite salle de bains. Il m'a réclamé trois mois de loyer « en espèces ». Heureusement, il me restait à peu près cette somme. Il m'a emmenée dans le café, au coin du boulevard de Clichy, pour remplir et signer les papiers. Il m'a expliqué que l'on avait fermé l'hôtel et que les chambres étaient devenues des « studios ».

« Ma mère a habité dans cet hôtel… »

Je me suis entendue prononcer lentement cette phrase et j'en ai été surprise. Quelle mouche m'avait piquée ? Il m'a dit, d'une voix distraite : « Ah oui ? Votre mère ? » Il avait l'âge de l'avoir connue. Je lui ai demandé s'il s'était occupé de l'hôtel, autrefois. Non. Il l'avait acheté l'année dernière avec des associés et ils avaient fait des travaux.

« Vous savez, m'a-t-il dit, ce n'était pas très brillant, comme hôtel. »

Et le premier soir, j'ai pensé que ma mère avait peut-être habité dans la chambre où je me trouvais. C'est donc le soir où je cherchais à louer une chambre et où j'ai vu l'adresse dans le journal, 11, rue Coustou, que le déclic s'est produit. Depuis quelque temps déjà, j'ouvrais la vieille boîte à biscuits, je feuilletais l'agenda et le carnet d'adresses, je regardais les photos… Jusque-là, je dois avouer que je n'avais jamais ouvert cette boîte, ou alors, si je l'avais fait, je n'avais pas eu envie de consulter ce qui n'était pour moi rien d'autre que de vieilles paperasses. Depuis mon enfance, je m'étais habituée à cette boîte, elle m'avait suivie comme le tableau de Tola Soungouroff, elle avait toujours fait partie du décor. J'y avais même rangé quelques bijoux de pacotille. Les objets qui vous accompagnent longtemps, vous n'y prêtez pas attention. Et s'il vous arrive de les perdre, vous vous apercevez que certains détails vous ont échappé. Ainsi, je ne me rappelais plus comment était le cadre du tableau de Soungouroff. Et si j'avais perdu la boîte à biscuits, j'aurais oublié que sur le couvercle était collée une étiquette à moitié déchirée, où l'on pouvait encore lire : LEFÈVRE-UTILE. Il faut se méfier de ceux qu'on appelle des témoins.

J'étais revenue au point de départ, puisque cette adresse était mentionnée sur mon acte de naissance comme étant le domicile de ma mère. Et sans doute j'y avais habité moi aussi au tout début de ma vie. Un soir que Moreau-Badmaev me raccompagnait chez moi, je lui ai raconté cela et il m'a dit :

« Alors, vous avez retrouvé votre vieille maison de famille. »

Et nous avons éclaté de rire tous les deux. Le portail est recouvert de chèvrefeuille, il est resté fermé depuis si longtemps que les herbes ont poussé derrière lui et que l'on ne peut que l'entrouvrir et se glisser entre les deux battants. Au fond de la prairie, sous la lune, le château de notre enfance. Là-bas, à gauche, le cèdre est toujours là. Maintenant, nous pénétrons dans le château. Un candélabre à la main, nous traversons le salon bleu et la galerie où se succèdent les portraits des ancêtres. Rien n'a changé, tout est resté à la même place sous une couche de poussière. Nous montons le grand escalier. Au bout du couloir, nous voilà enfin dans la chambre des enfants. C'est ainsi que Moreau-Badmaev s'amusait à décrire le retour au domaine familial, tel que j'aurais dû le faire dans une autre vie. Mais la fenêtre de ma chambre donnait sur la petite rue Puget beaucoup plus étroite que la rue Coustou et qui formait avec elle une sorte de triangle. Ma chambre était à la pointe de ce triangle. Il n'y avait pas de volets ni de rideaux. La nuit, l'enseigne lumineuse du garage, plus bas, dans la rue Coustou, projetait sur le mur, au-dessus de mon lit, des reflets rouges et verts. Cela ne me gênait pas. Au contraire, j'étais rassurée. Quelqu'un veillait sur moi. Peut-être les signaux rouges et verts venaient-ils de très loin, de cette époque où ma mère était dans la chambre, allongée sur le même lit et, comme moi, essayant de trouver le sommeil. Ils s'allumaient, s'éteignaient, s'allumaient, et cela me berçait et me faisait glisser dans le sommeil. Pourquoi avais-je loué cette chambre alors que j'aurais pu en choisir une dans un autre quartier ? Mais il n'y aurait pas eu ces signaux rouges et verts, aussi réguliers que des battements de cœur et dont je finissais par me dire qu'ils étaient les seules traces du passé.

Je devais me rendre tous les jours de la semaine du côté du bois de Boulogne chez des gens riches dont je gardais la petite fille. J'avais trouvé ce travail un après-midi où je m'étais présentée en dernier recours dans une agence de placement que j'avais choisie au hasard sur les pages de l'annuaire. L'agence Taylor.

Un homme roux qui portait des moustaches et un costume prince-de-galles m'avait reçue dans un bureau aux boiseries sombres. Il m'avait fait asseoir. J'avais eu le courage de lui dire que c'était la première fois que je cherchais ce genre de travail.

« Vous voulez abandonner vos études ? »

Cette question m'avait surprise. Je lui avais dit que je ne faisais pas d'études.

« Quand je vous ai vue entrer, j'ai pensé que vous étiez étudiante. »

Il avait prononcé ce mot avec un tel respect

que je me suis demandé ce qu'il évoquait de merveilleux pour lui et j'ai vraiment regretté de n'être pas une étudiante.

« J'ai peut-être un travail pour vous... trois heures par jour... une garde d'enfant. »

J'ai eu brusquement l'impression que personne ne se présentait plus dans cette agence Taylor et que ce monsieur roux passait de longs après-midi solitaires, assis à son bureau, à rêver aux étudiantes. Sur l'un des murs, à ma gauche, il y avait un grand panneau où étaient dessinés avec précision des hommes en costume de maître d'hôtel et de chauffeur, des femmes en uniforme de nurse et d'infirmière, me semblait-il. Et au bas du panneau, il était écrit en gros caractères noirs : AGENCE ANDRÉ TAYLOR.

Il m'a souri. Il m'a dit que ce panneau datait de l'époque de son père et que je pouvais être tranquille, je n'aurais pas besoin d'uniforme. Les gens chez qui je devais me présenter habitaient du côté de Neuilly et ils cherchaient quelqu'un pour s'occuper de leur petite fille en fin d'après-midi.

La première fois que je suis allée chez eux, c'était un jour de pluie, en novembre. Je n'avais pas dormi de la nuit et je me demandais comment ils me recevraient. L'homme de l'agence m'avait dit qu'ils étaient assez jeunes et m'avait tendu un papier où il avait écrit leur nom et leur adresse : Valadier, 70, boulevard Maurice-Barrès. La pluie qui tombait, depuis le matin, me donnait envie de quitter cette chambre et cette ville. Dès que j'aurais un peu d'argent, je partirais dans le Midi, et même beaucoup plus loin, vers le Sud. J'essayais de me raccrocher à cette perspective, et de ne pas me laisser couler une fois pour toutes. Il fallait faire la planche, avoir encore un peu de patience. Si je m'étais présentée à l'agence Taylor, c'était dans un dernier réflexe de survie. Sinon, je n'aurais pas eu le courage de quitter ma chambre et mon lit. J'avais encore en mémoire le panneau qui était accroché au mur de l'agence. J'aurais beaucoup étonné le monsieur roux en lui disant que, moi, cela ne me dérangeait pas de porter un uniforme de nurse ou, surtout, d'infirmière. L'uniforme m'aurait aidée à reprendre courage et patience, comme un corset grâce auquel vous continuez à marcher droit. De toute façon, je n'avais pas le choix. Jusque-là, j'avais trouvé, avec un peu de chance, deux places successives de vendeuse, à titre provisoire, l'une au magasin des Trois Quartiers, et l'autre dans une parfumerie des Grands Boulevards. Mais l'agence Taylor me procurerait peut-être un emploi plus stable. Je ne me faisais pas d'illusions sur mes possibilités. Je n'étais pas une artiste, comme l'avait été ma mère. Quand j'étais à Fossombronne-la-Forêt, je travaillais à l'Auberge Verte, sur la Grand-Rue. Il y avait beaucoup de clients dans cette auberge, souvent des gens qui venaient de Paris. Mon travail n'était pas très fatigant. Au bar, à la salle à manger, quelquefois à la réception. L'hiver, j'allumais chaque soir le feu de bois, dans la petite pièce lambrissée, près du bar, où l'on pouvait lire les journaux et jouer aux cartes. Je suis restée travailler là jusqu'à seize ans

La pluie s'était arrêtée place Blanche quand j'ai pris le métro. Je suis descendue à Porte-Maillot, et j'éprouvais un sentiment d'appréhension. Je connaissais ce quartier. Je me suis dit que j'avais dû rêver à cette première visite chez ces gens. Et maintenant, je vivais ce que j'avais rêvé : le métro, la marche jusqu'à leur domicile et voilà pourquoi j'avais cette sensation de déjà-vu. Le boulevard Maurice-Barrès longeait le bois de Boulogne, et, à mesure que j'avançais, cette sensation devenait de plus en plus forte et je finissais par m'inquiéter. Mais maintenant, au contraire, je me demandais si je ne rêvais pas. Je me suis pincé le bras, je me suis frappé le front de la paume de la main pour essayer de me réveiller. Parfois, je savais que j'étais dans un rêve, qu'un danger me menaçait, mais tout cela n'était pas bien grave puisque je pouvais me réveiller d'un instant à l'autre. Une nuit, on m'avait même condamnée à mort — c'était en Angleterre et je devais être pendue le lendemain matin —, on m'avait raccompagnée jusqu'à ma cellule, mais j'étais très calme, je leur souriais, je savais bien que j'allais leur fausser compagnie et me réveiller dans la chambre de la rue Coustou.

Il fallait passer une grille et suivre une allée de gravier. J'ai sonné à la porte du 70, qui avait l'aspect d'un hôtel particulier. Une femme blonde est venue m'ouvrir et m'a dit qu'elle s'appelait Mme Valadier. Elle semblait embarrassée de dire « madame » comme si ce mot ne lui correspondait pas, mais qu'elle était obligée de l'utiliser dans la vie courante. Plus tard, quand le type de l'agence Taylor m'a demandé : « Alors, que pensez-vous de M. et Mme Valadier ? » je lui ai répondu : « C'est un beau couple. » Et il a paru surpris de ma réponse.

Ils avaient environ trente-cinq ans l'un et l'autre. Lui, un grand brun à la voix très douce et d'une certaine élégance, sa femme, une blonde cendrée. Ils étaient assis tous les deux côte à côte sur le divan, aussi gênés que moi. Ce qui m'avait intriguée, c'est qu'ils avaient l'air de camper dans l'immense salon du premier étage où — à part le divan et un fauteuil — il n'y avait aucun meuble. Ni aucun tableau sur les murs blancs.

Cet après-midi-là, nous avons fait une courte promenade, la petite et moi, de l'autre côté de l'avenue, par les allées qui bordent le jardin d'Acclimatation. Elle gardait le silence, mais elle paraissait confiante, comme si ce n'était pas la première fois que nous marchions ensemble. Et moi aussi, j'avais l'impression de bien la connaître et d'avoir déjà suivi ces allées avec elle.

À notre retour dans la maison, elle a voulu me montrer sa chambre, au deuxième étage, une grande chambre dont les fenêtres donnaient sur les arbres du jardin d'Acclimatation. Les boiseries et les deux vitrines encastrées de chaque côté de la cheminée m'ont fait penser que cette chambre avait été autrefois un salon ou un bureau, mais jamais une chambre d'enfant. Son lit non plus n'était pas un lit d'enfant, mais un lit très large aux montants capitonnés. Et dans l'une des vitrines étaient exposées quelques pièces d'un jeu d'échecs en ivoire. Sans doute le lit à capitons et les pièces d'échecs étaient-ils dans la maison à l'arrivée de M. et Mme Valadier parmi d'autres objets que les locataires précédents avaient oubliés ou n'avaient pas eu le temps d'emporter. La petite ne me quittait pas des yeux. Elle voulait peut-être savoir ce que je pensais de sa chambre. J'ai fini par lui dire : « Tu as beaucoup de place ici », et elle a hoché la tête sans grande conviction. Sa mère est venue nous rejoindre. Elle m'a expliqué qu'ils habitaient cette maison depuis quelques mois seulement, mais elle ne m'a pas précisé où ils étaient avant. La petite allait dans une école tout près d'ici, rue de la Ferme, et je devrais la chercher, chaque après-midi à quatre heures et demie. C'est sans doute à ce moment-là que j'ai dit : « Oui, madame. » Et aussitôt, un sourire ironique a éclairé son visage. « Ne m'appelez pas madame. Appelez-moi… Véra. » Elle avait marqué une légère hésitation comme si elle avait inventé ce prénom. Tout à l'heure, quand elle m'avait accueillie, je l'avais prise pour une Anglaise ou une Américaine, mais, je m'en rendais compte maintenant, elle avait l'accent de Paris, l'accent dont on dit, dans les très vieux romans, qu'il est celui des faubourgs.

« Véra, c'est un très joli prénom, lui ai-je dit.

— Vous trouvez ? »

Elle a allumé la lampe sur la table de nuit et elle m'a dit :

« Il n'y a pas assez de lumière dans cette chambre. »

La petite, allongée sur le parquet, au pied de l'une des vitrines, s'appuyait sur ses coudes et feuilletait gravement un cahier de classe. « Ce n'est pas très pratique, m'a-t-elle précisé, il faudrait lui trouver un bureau pour qu'elle puisse faire ses devoirs. » J'avais le même sentiment que tout à l'heure quand ils m'avaient reçue au salon : les Valadier campaient dans cette maison. Elle a certainement remarqué ma surprise puisqu'elle a ajouté :

« Je ne sais pas si nous resterons longtemps ici. D'ailleurs, mon mari n'aime pas beaucoup les meubles… »

Elle me souriait, toujours de ce sourire ironique. Elle m'a demandé où j'habitais, moi. Je lui ai expliqué que j'avais trouvé une chambre dans un ancien hôtel.

« Ah oui… nous aussi, pendant longtemps nous avons habité l'hôtel… »

Elle voulait savoir dans quel quartier.

« Près de la place Blanche.

— Mais c'est le quartier de mon enfance, m'a-t-elle dit en fronçant légèrement les sourcils. J'ai habité rue de Douai. »

Et à ce moment-là, elle ressemblait tant à ces Américaines blondes et froides, ces héroïnes de films policiers, que j'ai pensé que sa voix était doublée — comme au cinéma — tellement j'étais étonnée de l'entendre parler français.

« Quand je rentrais du lycée Jules-Ferry, je faisais le tour du pâté de maisons et je passais par la place Blanche. » Elle n'était pas retournée dans le quartier depuis longtemps. Elle avait habité pendant des années et des années à Londres. C'est là qu'elle avait connu son mari. La petite ne nous prêtait plus aucune attention. Elle était toujours allongée par terre et écrivait sur un autre cahier, sans s'interrompre, l'air absorbé. « Elle fait ses devoirs, m'a-t-elle dit. Vous verrez... à sept ans, elle a presque une écriture d'adulte... » La nuit était tombée et pourtant il était 5 heures à peine. Le silence autour de nous, le même que celui que j'avais connu à Fossombronne-la-Forêt, à cette même heure et au même âge que la petite. Je crois que moi aussi, à cet âge-là, j'avais une écriture d'adulte. Je m'étais fait réprimander parce que je n'écrivais plus avec un porte-plume, mais avec un stylo-bille. Par curiosité, j'ai regardé avec quoi écrivait la petite : un stylo-bille. À son école, rue de la Ferme, on permettait sans doute aux élèves d'utiliser les pointes Bic transparentes et à capuchons noirs, rouges ou verts. Est-ce qu'elle savait faire les majuscules ? En tout cas, je crois que l'on n'apprenait plus les pleins et les déliés.

Elles m'ont accompagnée jusqu'au rez-de-chaussée. Sur la gauche, une porte à deux battants était ouverte et donnait accès à une grande pièce vide au fond de laquelle il y avait un bureau. M. Valadier était assis sur le coin du bureau et téléphonait. Un lustre jetait une lumière crue. Il parlait dans une langue aux consonances étranges que seul Moreau-Badmaev aurait pu comprendre, peut-être le persan des prairies. Il gardait une cigarette au coin des lèvres. Il m'a fait un signe du bras.

« Vous direz de ma part bonjour au Moulin-Rouge », m'a-t-elle chuchoté, et elle me fixait d'un regard triste comme si elle m'enviait de retourner dans ce quartier.

« Au revoir, madame. »

Cela m'avait échappé, mais elle m'a reprise : « Non. Au revoir, Véra. »

Alors, j'ai répété : « Au revoir, Véra. » Était-ce vraiment son prénom, ou bien l'avait-elle choisi parce que son vrai prénom ne lui plaisait pas, un soir de cafard dans la cour du lycée Jules-Ferry ?

Elle s'avançait vers la porte d'une démarche souple, la démarche des blondes froides et mystérieuses.

« Accompagne mademoiselle un bout de chemin, a-t-elle dit à sa fille. Ce serait gentil. »

La petite a hoché la tête et m'a lancé un regard inquiet.

« Quand il fait nuit, je l'envoie souvent faire le tour du pâté de maisons… Ça l'amuse… Elle a l'impression d'être une grande personne. L'autre soir, elle a même exprimé le souhait de faire un deuxième tour… Elle veut s'exercer pour ne plus avoir peur… »

De là-bas, au fond de la pièce, la voix douce de M. Valadier me parvenait entre de longs moments de silence et, chaque fois, je me demandais s'il avait interrompu sa conversation au téléphone.

« Bientôt, tu n'auras plus peur du noir et nous n'aurons plus besoin de laisser la lumière pour que tu t'endormes. »

Mme Valadier a ouvert la porte d'entrée. Quand j'ai vu que la petite s'apprêtait à sortir, vêtue simplement de sa jupe et de sa chemise, j'ai dit :

« Il faudrait peut-être que tu mettes un manteau… »

Elle a paru étonnée et presque rassurée que je lui donne ce conseil et elle s'est tournée vers sa mère.

« Oui, oui… Va mettre un manteau. »

Elle a monté l'escalier très vite. Mme Valadier me regardait fixement de ses yeux clairs.

« Je vous remercie, m'a-t-elle dit. Vous saurez bien vous occuper d'elle… Nous sommes quelquefois tellement perdus, moi et mon mari… »

Elle me fixait toujours d'un regard qui me donnait l'impression qu'elle allait pleurer. Pourtant, son visage restait impassible et il n'y avait pas la moindre larme au coin de ses yeux.

*

Nous avions dépassé le pâté de maisons. J'ai dit à la petite :

« Maintenant, il faudrait peut-être que tu rentres… »

Mais elle voulait m'accompagner encore plus loin. Je lui ai expliqué que je devais prendre le métro.

À mesure que nous marchions le long de cette avenue, il me semblait que j'avais déjà suivi le même chemin. Les arbres du bois de Boulogne, l'odeur des feuilles mortes et de la terre mouillée me rappelaient quelque chose. Tout à l'heure, j'avais eu le même sentiment dans la chambre de la petite. Ce que j'avais voulu oublier jusqu'à présent, ou plutôt ce à quoi j'évitais de penser comme quelqu'un qui s'efforce de ne pas regarder en arrière par peur du vertige, tout cela allait resurgir peu à peu, et j'étais prête maintenant à le regarder en face. Nous marchions dans l'allée qui longe le jardin d'Acclimatation, et la petite m'a pris la main pour traverser l'avenue en direction de la porte Maillot.

« Tu habites loin ? »

Elle m'avait posé cette question comme si elle espérait que je l'emmène chez moi. Nous étions arrivées devant la bouche du métro. J'ai bien senti que je n'avais qu'un mot à dire pour qu'elle me suive et qu'elle descende les marches et ne revienne plus chez ses parents. Je la comprenais bien. Il me semblait même que c'était dans l'ordre des choses.

« Maintenant, c'est à moi de te raccompagner. »

Elle a paru déçue à la perspective de rentrer chez elle. Mais je lui ai dit que, la semaine prochaine, je l'emmènerais dans le métro. Nous suivions l'allée en sens inverse. C'était deux ou trois semaines après que j'avais cru reconnaître ma mère dans les couloirs de la station Châtelet. J'imaginais qu'à cette heure-là elle traversait la cour du bloc d'immeubles, à l'autre bout de Paris, avec son manteau jaune. Dans l'escalier, elle s'arrêtait à chaque palier. Rendez-vous manqué. La chose perdue ne se retrouvera jamais. Peut-être, d'ici vingt ans, la petite, comme moi, retrouverait-elle ses parents, un soir, à l'heure de pointe, dans ces mêmes couloirs où sont indiquées les correspondances.

Il y avait de la lumière à l'une des portes-fenêtres du rez-de-chaussée, celle de la pièce où M. Valadier téléphonait tout à l'heure. J'ai sonné, mais personne ne venait ouvrir. La petite était très calme, comme si elle avait l'habitude de ce genre de situation. Au bout d'un moment, elle m'a dit : « Ils sont partis », et elle a souri, en haussant les épaules. Je songeais à la ramener chez moi pour qu'elle y passe la nuit, et elle devinait certainement mes pensées. « Oui…, je suis sûre qu'ils sont partis… » Elle voulait m'avertir que nous n'avions plus rien à faire ici, mais, par acquit de conscience, je me suis approchée de la porte-fenêtre allumée et j'ai regardé à travers la vitre. La pièce était vide. J'ai sonné, de nouveau. Enfin, quelqu'un est venu ouvrir et, à l'instant où la porte s'entrebâillait dans un rai de lumière, le visage de la petite a exprimé une terrible déception. C'était son père. Il portait un manteau.

« Vous étiez là depuis longtemps ? nous a-t-il demandé d'un ton courtois et indifférent. Vous voulez entrer ? »

Il nous parlait comme à des visiteurs qui auraient sonné à l'improviste.

Il s'est penché vers la petite :

« Alors, tu as fait une grande promenade ? »

Elle n'a pas répondu.

« Ma femme est partie dîner chez des amis, m'a-t-il dit, et j'allais justement la rejoindre… »

La petite hésitait à entrer. Elle m'a jeté un dernier regard en me disant « À demain » d'une voix inquiète, comme si elle n'était pas

64

sûre que je reviendrais. M. Valadier a eu un sourire vague. Puis la porte s'est refermée sur eux.

Je restais immobile, de l'autre côté du boulevard, sous les arbres. Au deuxième étage, la fenêtre de la chambre de la petite s'est allumée. Bientôt, j'ai vu M. Valadier sortir et marcher d'un pas pressé. Il est monté dans une voiture noire. Elle devait être seule dans la maison et elle laissait la lampe allumée pour s'endormir. J'ai pensé que nous avions eu de la chance : un peu plus tard, personne ne serait venu nous ouvrir.

Un dimanche, celui de la semaine où j'ai commencé à garder la petite — ou le dimanche suivant —, je suis retournée à Vincennes. J'ai préféré y aller plus tôt que d'habitude, avant la tombée de la nuit. Cette fois-ci, je suis descendue à la fin de la ligne, à la station Château-de-Vincennes. Il y avait du soleil, ce dimanche d'automne-là, et, de nouveau, en passant devant le château, et, au moment où je m'engageais dans la rue du Quartier-de-Cavalerie, j'ai eu l'impression de me trouver dans une ville de province. J'étais seule à marcher, et j'entendais derrière le mur, au début de la rue, un claquement régulier de sabots.

Alors, j'ai rêvé à ce qui aurait pu être : après des années et des années d'absence, je venais de descendre du train dans une petite gare, celle de mon Pays Natal. Je ne sais plus dans quel livre j'avais découvert l'expression « pays natal ». Ces deux mots devaient correspondre à quelque chose qui me touchait de près ou bien m'évoquait un souvenir. Après tout, moi aussi, dans mon enfance, j'avais connu une gare de campagne, où j'étais arrivée de Paris, avec cette étiquette sur laquelle on avait inscrit mon nom, et que je portais autour du cou.

Il a suffi que je voie le bloc d'immeubles au bout de la rue pour que mon rêve se dissipe. Il n'existait pas de pays natal, mais une banlieue où personne ne m'attendait.

J'ai franchi la grille et j'ai frappé à la porte de la concierge. Elle a passé sa tête dans l'entrebâillement. Elle a paru me reconnaître bien que nous n'ayons parlé ensemble qu'une seule fois. C'était une femme assez jeune, aux cheveux bruns très courts. Elle portait une robe de chambre en laine rose.

« Je voulais vous demander quelque chose au sujet de Mme… Boré… »

J'avais hésité sur le nom et je craignais qu'elle ne sache plus de qui il s'agissait. Mais cette fois-ci, elle n'a pas eu besoin de consulter la liste des locataires qui était fixée à la porte.

« Celle du quatrième A ?

— Oui. »

J'avais bien retenu le numéro de l'étage. Depuis que je connaissais ce numéro, je l'avais souvent imaginée montant les marches d'un pas de plus en plus lent. Une nuit, j'avais même rêvé qu'elle tombait dans la cage de l'escalier, et, au réveil, je n'aurais pu dire si c'était un suicide ou un accident. Ou même, si je l'avais poussée.

« Vous êtes déjà venue, l'autre jour, je crois…

— Oui. »

Elle me souriait. J'avais l'air de lui inspirer confiance.

« Vous savez qu'elle a encore fait des siennes… »

Elle l'avait dit sur un ton indifférent, comme si rien ne pouvait l'étonner de la part de la femme du quatrième A.

« Vous êtes de la famille ? »

J'ai eu peur de répondre oui. Et de ramener sur moi l'ancienne malédiction, la vieille lèpre.

« Non. Pas du tout. »

Je m'étais dégagée, à temps, d'un maré-cage.

« Je connais des gens de sa famille, lui ai-je dit. Et ils m'ont envoyée pour avoir des nou-velles…

— Qu'est-ce que vous voulez bien que je vous donne comme nouvelles ? C'est toujours pareil, vous savez. »

Elle haussait les épaules.

« Maintenant, elle ne veut même plus me parler. Ou alors, elle cherche le moindre pré-texte pour m'engueuler. »

Ce dernier mot m'a paru bien gentil et bien anodin. J'ai vu réapparaître, après toutes ces années, comme s'il remontait des profondeurs, le visage grimaçant, les yeux dilatés, et presque la bave aux lèvres. Et la voix qui s'éraillait, et le flot des injures. Un étranger n'aurait pu imaginer ce changement brusque sur un si beau visage. J'ai senti la peur me reprendre.

« Vous veniez pour la voir ?

— Non.

— Il faudrait que vous préveniez les gens de la famille. Elle ne paye plus son loyer. »

Ces paroles et peut-être aussi le quartier où chaque après-midi j'allais chercher la petite m'ont fait penser à un appartement, près du bois de Boulogne, dont, malgré moi, je gardais le souvenir : la grande pièce avec les trois marches couvertes de peluche, le tableau de Tola Soungouroff, ma chambre encore plus vide que celle de la petite… En ce temps-là, comment payait-elle le loyer ?

« Ce sera difficile de la mettre à la porte. Et puis on la connaît bien dans le quartier… On lui a même donné un surnom…

— Lequel ? »

J'étais vraiment curieuse de le savoir. Et si c'était le même que celui qu'on lui avait donné il y a vingt ans ?

« On l'appelle "Trompe-la-mort". »

Elle l'avait dit gentiment, comme s'il s'agissait d'un surnom affectueux.

« Quelquefois on a l'impression qu'elle va se laisser mourir et puis, le lendemain, elle est fringante et aimable, ou bien elle vous balance une vacherie. »

Pour moi, ce surnom prenait un autre sens. J'avais cru qu'elle était morte au Maroc et maintenant je découvrais qu'elle avait ressuscité, quelque part, dans la banlieue.

« Elle habite depuis longtemps ici ? lui ai-je demandé.

— Oh oui ! Elle est arrivée bien avant moi… Ça doit faire plus de six ans… »

Ainsi, elle vivait dans cet immeuble pendant que j'étais encore à Fossombronne-la-Forêt. Je me souvenais d'un terrain à l'abandon, pas loin de l'église, où l'herbe et les broussailles avaient poussé. Le jeudi après-midi, nous nous amusions à nous cacher ou à nous enfoncer le plus loin possible dans cette jungle qu'on appelait le « Pré au Boche ». On y avait trouvé un casque et une vareuse militaire à moitié pourrie qu'un soldat avait certainement laissés là, à la fin de la guerre, mais on avait toujours peur de découvrir son squelette. Je ne comprenais pas ce que voulait dire le mot *Boche*. Frédérique, la femme qui avait connu ma mère et m'avait recueillie dans sa maison, était absente le jour où j'avais demandé à son amie, la brune au visage de boxeur, ce que voulait dire Boche. Peut-être avait-elle cru que ce mot me faisait peur et voulait-elle me rassurer. Elle m'a souri et elle m'a dit que l'on appelait comme ça les Allemands, mais ce n'était pas bien méchant. « Ta mère aussi, on l'appelait "la Boche"... C'était pour blaguer... » Frédérique n'avait pas été contente que la brune m'ait confié cela, mais elle ne m'avait donné aucune explication. Elle était une amie de ma mère. Elles avaient dû se connaître à l'époque où ma mère était « danseuse ». Elle s'appelait Frédérique Chatillon. Dans la maison de Fossombronne-la-Forêt, il y avait toujours des amies à elle, même en son absence : Rose-Marie, Jeannette, Madeleine-Louis, d'autres dont j'ai oublié les noms et la brune qui avait aussi connu ma mère quand elle était « danseuse » et qui ne l'aimait pas.

« Elle vit seule ? ai-je demandé à la concierge.

— Pendant longtemps, il y avait un homme qui venait la voir... Il travaillait dans les chevaux, par ici... Un monsieur qui avait un type nord-africain.

— Et il ne vient plus ?

— Pas ces derniers temps. »

Elle commençait à me regarder avec une certaine méfiance, à cause de mes questions. J'ai été tentée de lui dire tout. Ma mère était venue à Paris quand elle était petite. Elle avait fait de la danse. On l'appelait la Boche. Moi, on m'avait appelée la Petite Bijou. C'était trop long et trop compliqué à raconter, là, dehors, dans cette cour d'immeuble.

« Le problème, c'est qu'elle me doit deux cents francs… »

Je portais toujours mon argent sur moi, dans une petite pochette de toile nouée à la taille par un cordon. J'ai fouillé dans la pochette. Il me restait un billet de cent francs, un billet de cinquante francs, et de la monnaie. Je lui ai tendu les deux billets en lui disant que je reviendrais lui apporter le reste.

« Merci beaucoup. »

Elle les a glissés très vite dans l'une des poches de sa robe de chambre.

Sa méfiance avait fondu brusquement. J'aurais pu lui poser n'importe quelle question sur Trompe-la-mort.

« Pour le loyer… Je vous en parlerai quand vous reviendrez. »

Je n'avais pas vraiment l'intention de revenir. Qu'est-ce que j'apprendrais de plus ? Et à quoi bon ?

« On lui a coupé plusieurs fois l'électricité. Et chaque fois je me dis que c'est mieux pour elle. Parce qu'elle utilise une couverture chauffante… C'est dangereux… »

Je l'ai imaginée branchant à une prise électrique le fil de sa couverture chauffante. Elle avait toujours aimé ce genre d'accessoires qui paraissent très modernes, un certain temps, puis tombent en désuétude ou bien finissent par devenir des objets courants. Je me suis souvenue qu'à cette époque, plus faste pour elle, lorsque nous habitions le grand appartement, près du bois de Boulogne, quelqu'un lui avait apporté une boîte gainée de cuir vert grâce à laquelle on pouvait écouter la radio. Plus tard, j'ai compris que c'était le premier poste transistor.

« Vous devriez lui conseiller de ne plus utiliser de couverture chauffante. »

Mais non, ce n'était pas aussi simple que cela. Avait-elle jamais, dans sa vie, écouté un bon conseil ? Et de toute façon, il était trop tard.

« Vous ne savez pas comment s'appelle l'homme qui venait la voir ? »

Elle avait gardé une lettre de lui, qu'il avait envoyée il y a trois mois pour payer le loyer. Par l'entrebâillement de la porte, je l'ai vue fouiller dans une grande boîte, parmi des papiers.

« Je ne la retrouve pas… De toute façon, je crois que cet homme ne viendra plus… »

C'était sans doute à lui qu'elle téléphonait, le soir, dans la cabine. Au bout de douze ans, il lui restait encore, par miracle, quelqu'un sur qui elle pouvait compter. Mais lui aussi, elle avait fini par le décourager. Déjà, à l'époque où je m'appelais la Petite Bijou, il lui arrivait de rester pendant des journées entières dans sa chambre, coupée du monde, sans voir personne, même pas moi, et, au bout d'un certain temps, je ne savais plus si elle était encore là, ou bien si elle m'avait abandonnée dans cet immense appartement.

« C'est comment, chez elle ? ai-je demandé.

— Deux petites pièces et une cuisine avec une douche. »

Il y avait de fortes chances pour que le matelas soit posé à même le sol, à proximité de la prise électrique. Comme ça, c'était plus simple de brancher le fil de la couverture chauffante.

« Vous devriez monter… Elle serait surprise d'avoir de la visite… »

Si nous nous retrouvions face à face, elle ne saurait même pas qui j'étais. Elle avait oublié la Petite Bijou et tous les espoirs qu'elle avait mis en moi à l'époque où elle m'avait donné ce nom. Malheureusement pour elle, je n'étais pas devenue une grande artiste.

« Vous pouvez me rendre un service ? »

Elle fouillait dans la grande boîte et me tendait une enveloppe.

« C'est un rappel pour son loyer. Je n'ose pas lui donner, sinon elle va encore m'injurier. »

J'ai pris l'enveloppe et j'ai traversé la cour. Au moment de franchir le porche de l'escalier A, j'ai senti un poids près du cœur, qui me coupait la respiration. C'était un escalier aux marches de ciment et à la rampe de fer comme on en trouve dans les écoles ou les hôpitaux. À chaque palier, une grande vitre répandait une lumière claire, presque blanche. Je me suis arrêtée sur le premier palier. De chaque côté, une porte, et une autre au milieu, du même bois foncé, avec les noms des locataires. J'essayais de reprendre mon souffle, mais le poids était de plus en plus lourd et j'ai eu peur d'étouffer. Alors, pour me calmer, j'ai imaginé quel pourrait être le nom, sur sa porte. Le vrai ou celui qui avait été son nom d'artiste ? ou bien tout simplement : LA BOCHE ou TROMPE-LA-MORT. Du temps où moi je m'appelais la Petite Bijou et que je rentrais seule dans l'immeuble, près du bois de Boulogne, je restais longtemps dans l'ascenseur. Il était protégé par une grille noire, et pour y entrer, il fallait pousser deux battants vitrés. À l'intérieur, il y avait une banquette de cuir rouge, des vitres de chaque côté, un globe lumineux au plafond. On aurait dit une chambre. C'est de l'ascenseur que je me souviens le plus nettement.

Sur le deuxième palier, j'ai de nouveau senti ce poids qui m'étouffait. Alors j'ai essayé de me rappeler l'autre escalier avec son tapis rouge très épais et les barres de cuivre. Une seule grande porte à deux battants sur chaque palier. Blanche.

Le vertige m'a prise. Je m'éloignais le plus possible de la rampe, je me collais presque au mur. Mais j'étais décidée à monter jusqu'au bout. J'entendais de nouveau Mme Valadier — ou plutôt Véra — me dire au sujet de la petite : « Elle fait, toute seule, le tour du pâté de maisons, la nuit… elle veut s'exercer pour ne plus avoir peur… » Eh bien, moi aussi, c'était pareil. Je continuerais de monter, j'irais jusqu'à la porte de Trompe-la-mort, et je sonnerais des coups brefs jusqu'à ce qu'elle vienne m'ouvrir. Et, au moment où la porte s'ouvrirait, alors, je retrouverais tout mon calme et je lui dirais d'un ton indifférent : « Vous ne devriez pas vous servir d'une couverture chauffante… c'est complètement idiot… » Et j'observerais d'un œil froid la colère pâlir son visage et le déformer. Je me souvenais qu'elle n'aimait pas beaucoup qu'on lui parle de détails terre à terre. Mais cela, c'était à l'époque du grand appartement, quand elle voulait rester mystérieuse.

J'étais arrivée au quatrième étage. Là aussi, il y avait trois portes, mais leur peinture était écaillée, comme la peinture des murs, d'un beige sale. Une ampoule allumée pendait au plafond. Sur la porte de gauche, une feuille de papier quadrillé était collée avec du scotch, et il était écrit, d'une grande écriture désordonnée, à l'encre noire : BORÉ.

J'ai eu l'impression non pas d'avoir gravi un escalier, mais d'être descendue au fond d'un puits. Il avait fallu une douzaine d'années pour que la porte blanche à deux battants devienne cette vieille porte écaillée, sous la lumière blafarde d'une ampoule, et que la petite plaque dorée où il était gravé : COMTESSE SONIA O'DAUYÉ, ne soit plus qu'une feuille de papier d'écolier barrée de ce simple nom : BORÉ.

Je restais devant la porte, sans sonner. Souvent, quand je revenais seule dans le grand appartement près du bois de Boulogne et que je sonnais, personne ne m'ouvrait. Alors je descendais l'escalier et j'allais téléphoner dans un café, un peu plus loin, sur l'avenue. Le patron me regardait avec gentillesse, les clients aussi. Ils avaient l'air de savoir qui j'étais. Ils avaient dû se renseigner. Un jour, l'un d'eux avait dit : « C'est la petite du 129. » Je n'avais pas d'argent et on ne me faisait pas payer la communication. J'entrais dans la cabine téléphonique. L'appareil fixé au mur était trop haut pour moi et il fallait que je me dresse sur la pointe des pieds pour composer le numéro : PASSY 15 28. Mais personne ne répondait chez la comtesse Sonia O'Dauyé. Un bref instant, j'ai eu la tentation de sonner. J'étais à peu près sûre qu'elle viendrait ouvrir. D'abord, l'appartement était trop petit pour que le bruit de la sonnette se perde dans le lointain, comme dans l'enfilade des pièces de PASSY 15 28. Et puis les visiteurs étaient bien rares et elle à l'affût du moindre événement qui romprait sa solitude. Ou bien, espérait-elle encore la visite de cet homme qui ne venait plus depuis quelque temps — le monsieur au type nord-africain… Mais peut-être ces accès de sauvagerie, qui la prenaient par moments et la faisaient s'enfermer dans sa chambre ou bien disparaître pendant plusieurs jours, s'étaient-ils aggravés au bout de douze ans.

J'ai posé l'enveloppe sur le paillasson. Puis j'ai descendu l'escalier très vite, et, à chaque palier, je me sentais plus légère, comme si j'avais échappé à un danger. Dans la cour, j'étais étonnée de pouvoir respirer. Quel soulagement de marcher sur un sol dur, sur un trottoir rassurant… Tout à l'heure, devant la porte, il aurait suffi d'un geste, d'un pas, pour glisser dans le marécage.

*

Il me restait assez de monnaie pour prendre le métro. Dans le wagon, je me suis laissée tomber sur la banquette. Une sensation d'extrême fatigue et d'accablement avait succédé à l'euphorie que je ressentais en m'éloignant de l'immeuble. J'avais beau me raisonner, me dire que cette femme que l'on appelait Trompe-la-mort n'avait plus rien à voir avec moi et ne me reconnaîtrait même plus si nous nous trouvions en présence l'une de l'autre, je ne parvenais pas à dissiper mon malaise. J'ai laissé passer Nation où j'aurais dû changer de ligne et, comme j'éprouvais de nouveau cette difficulté à respirer, je suis remontée à l'air libre.

J'étais devant la gare de Lyon. Il faisait déjà nuit et les aiguilles de la grande horloge marquaient 5 heures. J'aurais voulu prendre un train et arriver très tôt le lendemain dans le Midi. Il ne suffisait pas d'être sortie de l'immeuble sans avoir sonné à la porte. Il fallait que je quitte Paris le plus vite possible. Malheureusement, je n'avais plus d'argent pour une place de train. J'avais donné à la concierge tout ce qui me restait dans ma pochette. Quelle drôle d'idée d'avoir voulu payer les dettes de Trompe-la-mort... Mais je me souvenais que, dans le grand appartement près du bois de Boulogne, c'était moi seule qu'elle appelait quand elle se sentait mal. Après des absences de plusieurs jours, elle réapparaissait le visage gonflé, les yeux hagards. Chaque fois, c'était au même moment. 5 heures de l'après-midi. Et au même endroit. Dans le salon, sur les trois marches recouvertes de peluche, et qui formaient une sorte d'estrade où elle avait disposé des coussins. Elle était allongée sur les coussins. Elle se cachait le visage avec les mains. Et quand elle m'entendait venir, elle me disait toujours la même phrase : « Masse-moi les chevilles. » Plus tard, à Fossombronne-la-Forêt, je me réveillais en sursaut. J'avais entendu dans mon rêve la voix enrouée me dire : « Masse-moi les chevilles. » Et, pendant quelques instants, je croyais être encore dans le grand appartement. Tout allait recommencer.

Je ne me sentais pas le courage de descendre dans le métro. Je préférais rentrer à pied. Mais j'étais tellement absorbée par mes pensées que je marchais au hasard. Bientôt, je me suis aperçue que je tournais en rond dans les quelques rues aux immeubles massifs qui se croisent, un peu plus loin que la gare. Puis, au bout de l'une d'elles, je me retrouvais sur le boulevard Diderot, d'où l'on voit le va-et-vient des voyageurs, autour de la gare, et les enseignes lumineuses : Café Européen.

Hôtel Terminus. Je me suis dit que j'aurais dû louer une chambre dans ce quartier. Si l'on habite près d'une gare, cela change complètement la vie. On a l'impression d'être de passage. Rien n'est jamais définitif. Un jour ou l'autre, on monte dans un train. Ce sont des quartiers ouverts sur l'avenir. Pourtant, le cadran de la grande horloge m'évoquait quelque chose de très lointain. Je crois que, sur ce cadran, j'avais appris à lire l'heure, du temps où je m'appelais la Petite Bijou. À cette époque, je prenais déjà le métro. La ligne était directe de Porte-Maillot à Gare-de-Lyon. Quatorze stations que je comptais, au fur et à mesure, pour ne pas me tromper. Et je descendais à Gare-de-Lyon, comme je l'avais fait tout à l'heure. Quand j'étais arrivée en haut des marches, je vérifiais si je n'étais pas en retard au cadran de la grande horloge. Il m'attendait devant la bouche du métro. Ou quelquefois à la terrasse du Café Européen. C'était mon oncle, le frère ou le demi-frère de ma mère. En tout cas, elle me l'avait présenté comme ça. Et, au téléphone, je l'entendais souvent dire : « Mon frère s'en chargera… Je vous enverrai mon frère… » Pendant les absences de ma mère, il s'occupait quelquefois de moi. Il restait dormir dans l'appartement. Il m'emmenait le matin à l'école. Bientôt j'y allais toute seule et de moins en moins souvent… Le jeudi et le dimanche, je prenais le métro jusqu'à la gare de Lyon pour le retrouver. Au début, il venait me chercher le matin dans l'appartement. Ma mère lui avait dit que ce n'était pas la peine qu'il se dérange pour moi et que je pouvais prendre le métro toute seule… Je crois qu'il n'osait pas la contrarier, mais souvent, sans le lui dire, il m'attendait au bas de l'immeuble.

C'était la première fois depuis longtemps que je marchais dans ce quartier. Habitait-il toujours par ici ? Nous laissions la gare de Lyon derrière nous, puis nous tournions à gauche et nous suivions l'une des petites rues de tout à l'heure. Et nous tombions sur une avenue bordée d'arbres. Et là, nous entrions dans un garage qui était toujours vide. Nous montions par un escalier jusqu'à la porte d'un appartement. Nous traversions un vestibule qui donnait sur une pièce au milieu de laquelle il y avait une table de salle à manger. Il ne s'appelait pas du même nom que ma mère, bien qu'ils fussent — soi-disant — frère et sœur. Son nom à lui était Jean Borand. Il y avait sa photo dans la boîte à biscuits et je l'avais tout de suite reconnu. Derrière la photo, son nom était écrit au crayon.

Je sentais toujours ce poids qui m'oppressait. J'aurais bien voulu penser à autre chose. Pourtant ce Jean Borand avait été gentil avec moi. Il n'était pas un mauvais souvenir, comme ma mère. J'étais arrivée avenue Daumesnil et celle-ci ressemblait à l'avenue du garage. Je la suivais en regardant de chaque côté, à la recherche d'un garage. J'aurais demandé à parler à « M. Jean Borand ». Tel qu'il était resté dans ma mémoire, j'avais la certitude qu'il m'aurait bien accueillie, comme autrefois. Peut-être ne m'aurait-il pas reconnue. Mais il devait quand même se souvenir de moi. Était-il vraiment mon oncle ? En tout cas, il était le seul qui aurait pu répondre à mes questions. Malheureusement, j'avais beau regarder les façades d'immeubles, à droite et à gauche de l'avenue, je ne reconnaissais rien. Pas de garage. Aucun point de repère. Un soir, dans ce même quartier, près de la gare de Lyon, il m'avait emmenée au cinéma. J'y allais pour la première fois. La salle m'avait semblé très grande et l'on y passait *Le Carrefour des archers*, le film où j'avais joué un petit rôle avec ma mère, quelque temps auparavant. Je ne m'étais pas reconnue sur l'écran et surtout, quand j'avais entendu ma voix, j'avais cru que la Petite Bijou était une autre fille que moi.

Oui, j'avais tort de penser à tout ça, même à Jean Borand. Il n'y était pour rien, mais il faisait partie, lui aussi, de cette période de ma vie. Je n'aurais jamais dû, ce dimanche-là,

monter l'escalier jusqu'à la porte de celle que
l'on appelait autrefois la Boche et aujourd'hui
Trompe-la-mort. Maintenant, je marchais au
hasard et j'espérais bientôt rejoindre la place
de la Bastille, où je prendrais le métro. J'essayais de me rassurer. Tout à l'heure, quand je
serais arrivée dans ma chambre, j'irais téléphoner à Moreau-Badmaev. Il était certainement chez lui le dimanche soir. Je lui propose-
rais de venir dîner avec moi dans le café de la
place Blanche. Je lui expliquerais tout, je lui
parlerais de ma mère, de Jean Borand, de
l'appartement près du bois de Boulogne, et
de celle que l'on appelait la Petite Bijou.
J'étais restée la même, comme si la Petite
Bijou avait été conservée, intacte, dans un gla-
cier. Toujours cette peur panique qui me prenait dans la rue et qui me réveillait en sursaut
vers 5 heures du matin. J'avais pourtant
connu de longues périodes de calme où je
finissais par oublier tout. Mais maintenant
que je croyais que ma mère n'était pas morte,
je ne savais plus quel chemin prendre. Sur la
plaque bleue, j'ai lu : avenue Ledru-Rollin.
Elle coupait une rue au bout de laquelle j'ai
vu de nouveau la masse de la gare de Lyon et
le cadran lumineux de l'horloge. J'avais tourné
en rond et j'étais revenue au point de départ.
La gare était un aimant et elle m'attirait, et
c'était un signe du destin. Il fallait que je

monte dans un train, tout de suite, et que JE COUPE LES PONTS. Ces mots m'étaient brusquement entrés dans la tête et je ne pouvais plus m'en débarrasser. Ils me donnaient encore un peu de courage. Oui, le temps était venu de COUPER LES PONTS. Mais au lieu de me diriger vers la gare, j'ai continué à suivre l'avenue Ledru-Rollin. Avant de couper les ponts, il fallait aller jusqu'au bout, sans savoir très bien ce que voulait dire « jusqu'au bout ». Il n'y avait aucun passant, c'était naturel un dimanche soir, mais, à mesure que j'avançais, l'avenue était de plus en plus sombre, comme si j'avais mis ce soir-là des lunettes de soleil. Je me suis demandé si ce n'était pas ma vue qui baissait. Là-bas, sur le trottoir de gauche, l'enseigne lumineuse d'une pharmacie. Je ne la quittais pas des yeux, de peur de me retrouver dans l'obscurité. Tant qu'elle brillait de sa lumière verte, je pouvais encore me guider. J'espérais qu'elle resterait allumée jusqu'au moment où j'arriverais à sa hauteur. Une pharmacie de garde, ce dimanche-là, avenue Ledru-Rollin. Il faisait si sombre que j'avais perdu la notion de l'heure et je me disais que nous étions en pleine nuit. Derrière la vitre, une femme brune était assise au comptoir. Elle portait une blouse blanche et un chignon très strict qui contrastait avec la douceur de son visage. Elle mettait de l'ordre dans une pile de papiers et, de temps en temps, elle notait quelque chose avec une pointe Bic au capuchon vert. Elle finirait par s'apercevoir que je la regardais, mais c'était plus fort que moi. Son visage était si différent de celui de Trompe-la-mort, tel que je l'avais vu dans le métro ou imaginé derrière la porte du quatrième étage... Il était impossible que la colère déforme ce visage-là et que la bouche se torde pour lancer un flot d'injures... Elle était si calme, si gracieuse dans cette lumière rassurante, une lumière chaude comme j'en avais connu, le soir, à Fossombronne-la-Forêt... Avais-je vraiment connu cette lumière-là ? J'ai poussé la porte vitrée. Une sonnerie légère, cristalline. Elle a levé la tête. Je me suis avancée vers elle, mais je ne savais pas quoi lui dire.

« Vous vous sentez mal ? »

Mais je ne parvenais pas à prononcer le moindre mot. Et toujours ce poids qui m'étouffait. Elle s'est approchée de moi.

« Vous êtes toute pâle... »

Elle a pris ma main. Je devais lui faire peur. Et pourtant, je sentais la pression de sa main dans la mienne.

« Asseyez-vous là... »

Elle m'a entraînée, derrière le comptoir, dans une pièce où il y avait un vieux fauteuil de cuir. J'étais assise sur le fauteuil et elle me posait une main sur le front.

« Vous n'avez pas de fièvre… Mais vous avez les mains glacées… Qu'est-ce qui ne va pas ? »

Depuis des années, je n'avais jamais rien dit à personne. J'avais tout gardé pour moi.

« Ce serait trop compliqué à vous expliquer, ai-je répondu.

— Pourquoi ? Rien n'est compliqué… »

J'ai fondu en larmes. Ça ne m'était pas arrivé depuis la mort du chien. Cela remontait bien à une douzaine d'années.

« Vous avez eu un choc, récemment ? m'a-t-elle demandé à voix basse.

— J'ai revu quelqu'un que je croyais mort.

— Quelqu'un de très proche de vous ?

— Tout cela n'a pas grande importance, ai-je affirmé en m'efforçant de sourire. C'est la fatigue… »

Elle s'est levée. Je l'entendais, là-bas, dans la pharmacie, ouvrir et refermer un tiroir. J'étais toujours assise sur le fauteuil et je n'éprouvais pas le besoin de quitter ma place.

Elle est revenue dans la pièce Elle avait ôté sa blouse blanche et portait une jupe et un pull-over gris foncé. Elle me tendait un verre d'eau au fond duquel un comprimé de couleur rouge fondait en faisant des bulles. Elle s'est assise tout près de moi, sur l'un des bras du fauteuil.

« Attendez que ça fonde. »

Je ne pouvais détacher mes yeux de cette eau rouge qui pétillait. Elle était phosphorescente.

« C'est quoi ? lui ai-je demandé.

— Quelque chose de bon pour vous. »

Elle m'avait pris de nouveau la main.

« Vous avez toujours les mains aussi froides ? »

Et sa manière de dire « froides », en insistant sur ce mot, m'a rappelé brusquement le titre d'un livre dont Frédérique me lisait quelques pages le soir, à Fossombronne, quand j'étais dans mon lit : *Les Enfants du froid.*

J'ai bu le contenu du verre d'un seul trait. Il avait un goût amer. Mais, dans mon enfance, j'avais connu des breuvages beaucoup plus amers.

Elle est allée chercher un tabouret dans la pharmacie et l'a disposé pour que j'y appuie mes jambes.

« Détendez-vous. Je crois que vous n'avez pas le sens du confort. »

Elle m'aidait à ôter mon imperméable. Puis elle tirait la fermeture éclair de mes bottes et me les enlevait doucement. Elle venait s'asseoir sur l'un des bras du fauteuil et me prenait le pouls. J'éprouvais une impression de sécurité au contact de sa main qui me serrait le poignet. J'allais peut-être m'endormir, et cette perspective me causait un sentiment de bien-être, le même que celui que j'avais connu quand les bonnes sœurs m'avaient endormie en me faisant respirer de l'éther. C'était juste avant l'époque où j'habitais avec ma mère le grand appartement près du bois de Boulogne. J'étais pensionnaire dans une école et je ne sais plus pourquoi j'attendais ce jour-là dans la rue. Personne ne venait me chercher. Alors, j'avais traversé la rue et une camionnette m'avait renversée. J'étais blessée à la cheville. Ils m'avaient fait allonger dans la camionnette, sous la bâche, et m'avaient emmenée dans une maison, pas très loin. Je m'étais retrouvée sur un lit. Des bonnes sœurs m'entouraient et l'une d'elles s'était penchée vers moi. Elle portait une coiffe blanche et m'avait fait respirer de l'éther.

« Vous habitez dans le quartier ? »

Je lui ai dit que j'habitais du côté de la place de Clichy et que je m'apprêtais à rentrer chez moi par le métro lorsque j'avais été prise d'un malaise. J'étais sur le point de lui raconter ma visite à Vincennes dans l'immeuble de Trompe-la-mort, mais, pour lui faire comprendre cela, il fallait remonter très loin dans le passé, peut-être jusqu'à cet après-midi où j'attends à la sortie de l'école — une école dont j'aimerais bien savoir où elle se trouvait exactement. Bientôt, tout le monde rentre chez soi, le trottoir se vide, la porte de l'école est fermée. J'attends toujours et personne ne vient me chercher. Grâce à l'éther, je n'ai plus senti la douleur à ma cheville et j'ai glissé dans le sommeil. Un ou deux ans plus tard, dans l'une des salles de bains de l'appartement, près du bois de Boulogne, j'avais découvert un flacon d'éther. Sa couleur bleu nuit me fascinait. Chaque fois que ma mère traversait des moments de crise où elle ne voulait voir personne et me demandait de lui apporter un plateau dans sa chambre ou de lui masser les chevilles, alors je respirais le flacon pour me donner du courage. C'était vraiment trop long à expliquer. Je préférais rester là, silencieuse, les jambes allongées.

« Vous vous sentez mieux ? »

Je n'avais jamais rencontré chez quelqu'un autant de douceur et de fermeté. Il faudrait que je lui raconte tout. Ma mère était-elle bien morte au Maroc ? Le doute s'était insinué en moi au fur et à mesure que je fouillais dans la boîte à biscuits. Ce qui avait causé mon malaise, c'était les photos. Et surtout celle que ma mère avait voulu que l'on prenne de moi dans le studio, près des Champs-Élysées. Elle l'avait demandé au photographe avec qui elle venait de faire une séance de poses. Je me rappelais très nettement cet après-midi-là. J'étais présente dès le début. Et je retrouvais sur la photo les accessoires et les détails qui m'avaient marquée, je dirais AU FER ROUGE. La large robe de tulle de ma mère serrée à la taille, le corsage en velours très ajusté et le voile qui lui donnait l'air, sous cet éclairage blanc, d'une fausse fée. Et moi, dans ma robe, je n'étais rien d'autre qu'un faux enfant prodige, une pauvre petite bête de cirque. Un caniche. Après toutes ces années, en regardant ces photos, j'avais compris que si elle tenait à me pousser sur la piste, c'était pour se donner l'illusion qu'elle pouvait recommencer de zéro. Elle avait échoué, mais c'était à moi de devenir une ÉTOILE. Était-elle vraiment morte ? La menace planait encore. Mais maintenant j'avais la chance d'être en compagnie de quelqu'un auquel j'expliquerais tout. Je n'avais pas besoin de parler. Je lui montrerais les photos.

Je me suis levée du fauteuil. C'était le moment de lui parler, mais je ne savais plus par quel bout commencer.

« Vous êtes sûre que vous tenez sur vos jambes ? »

Toujours ce regard attentif, cette voix calme. Nous avions quitté la petite pièce et nous étions dans la pharmacie.

« Vous devriez voir un médecin. Vous avez peut-être un peu d'anémie. »

Elle me regardait droit dans les yeux avec son sourire.

« Le médecin vous prescrira des piqûres de vitamines B12… Mais je ne vous les donne pas tout de suite… Vous reviendrez me voir… »

Je restais là, debout, devant elle. J'essayais de retarder le moment où je sortirais de la pharmacie et où je me retrouverais seule.

« Vous rentrez comment ?

— En métro. »

À cette heure-là, il y avait du monde dans le métro. Les gens revenaient chez eux après une séance de cinéma ou une promenade sur les Grands Boulevards. Je ne me sentais plus le courage de faire le trajet en métro jusqu'à ma chambre. Cette fois-ci, je craignais de me perdre définitivement. Et puis, il y avait autre chose : si j'étais obligée de changer de ligne à Châtelet, je ne voulais pas risquer de tomber de nouveau sur le manteau jaune. Tout allait se répéter, aux mêmes endroits, aux mêmes heures, jusqu'à la fin. J'étais prise dans le vieil engrenage.

« Je vous accompagne. »

Elle me sauvait la vie, de justesse.

Elle a éteint les lumières de la pharmacie et elle a fermé la porte à clé. L'enseigne brillait toujours. Nous marchions côte à côte et j'étais si peu habituée à cela que je n'y croyais pas vraiment et que j'avais peur de me réveiller dans ma chambre, d'un instant à l'autre. Elle avait mis les mains dans les poches de son manteau de fourrure. J'avais envie de lui prendre le bras. Elle était plus grande que moi.

« À quoi pensez-vous ? » m'a-t-elle dit.

Et c'est elle qui m'a pris le bras.

Nous étions arrivées au croisement que j'avais franchi tout à l'heure et nous suivions maintenant la rue au bout de laquelle je voyais la gare de Lyon et l'horloge.

« Je pense que vous êtes trop gentille et que je vous fais perdre votre temps. »

Elle a tourné son visage vers moi. Le col du manteau de fourrure a effleuré sa joue.

« Mais non, vous ne me faites pas perdre mon temps. »

Elle a hésité un instant avant de me dire :

« Je me suis demandé si vous aviez des parents. »

Je lui ai répondu que j'avais encore une mère qui habitait la banlieue.

« Et votre père ? »

Mon père ? Lui aussi, peut-être, devait se trouver quelque part en banlieue, ou à Paris, ou très loin dans le vaste monde. Ou mort depuis longtemps.

« Je suis née de père inconnu. »

Et j'avais pris un ton dégagé par crainte de la mettre mal à l'aise. Et puis, je n'étais pas habituée aux confidences.

Elle restait silencieuse. Je l'avais choquée avec toutes ces choses tristes et grises. Je cherchais un détail plus gai, une note claire.

« Mais heureusement, j'ai été élevée par un oncle qui m'aimait bien. »

Et ce n'était pas tout à fait un mensonge. Pendant un ou deux ans, ce Jean Borand s'était occupé de moi, chaque jeudi. Une fois, il m'avait emmenée, pas loin de chez lui, à la foire du Trône. Mon oncle ? Il était peut-être mon père, après tout. Ma mère brouillait les pistes et embellissait si bien la vérité, du temps de l'appartement près du bois de Boulogne… Elle m'avait dit un jour qu'« elle n'aimait pas les choses vulgaires » sans que je comprenne de quoi elle voulait parler. À l'époque où nous habitions dans le grand appartement, elle ne s'appelait plus Suzanne Cardères. Elle était la comtesse Sonia O'Dauyé.

« Je ne veux pas vous ennuyer avec mes histoires de famille. »

Elle me tenait toujours le bras. Nous étions arrivées à la gare de Lyon, près de la station de métro. Voilà, c'était fini. Elle me laisserait devant les escaliers.

« Je vous raccompagne en taxi. »

Elle m'entraînait vers la gare. J'étais si surprise que je ne savais pas comment la remercier. Le long du trottoir, il y avait une file de taxis. Le chauffeur attendait qu'on lui indique l'adresse. J'ai fini par dire :

« Place Blanche. »

Elle m'a demandé si j'habitais depuis long-temps dans ce quartier. Non, quelques mois. Une chambre dans une petite rue. Un ancien hôtel. Le loyer n'était pas trop cher. Et puis, j'avais trouvé du travail… Le taxi suivait les quais et les rues désertes du dimanche soir.

« Vous avez quand même des amis ? »

Aux Trois Quartiers, une collègue, Muriel, m'avait présenté un petit groupe de gens avec qui elle sortait le samedi soir. Pendant quelque temps, j'avais fait partie de leur bande. Ils allaient au restaurant et fréquentaient des dis-cothèques. Des vendeuses, des types qui com-mençaient à travailler en Bourse, chez des bijoutiers ou des concessionnaires d'autos. Des chefs de rayon. L'un d'eux me semblait plus intéressant que les autres et j'étais sortie seule avec lui. Il m'avait invitée au restaurant et au Studio 28, un cinéma de Montmartre, pour y voir de vieux films américains. Une nuit, à la sortie du cinéma, il m'avait emme-née dans un hôtel, près du Châtelet, et je m'étais laissé faire. De tous ces gens et de toutes ces sorties, il ne me restait qu'un vague souvenir. Cela n'avait pas compté pour moi. Je ne me rappelais même pas le prénom de ce type. J'avais seulement retenu son nom : Wur-litzer.

« Je n'ai plus beaucoup d'amis, lui ai-je dit.

— Il ne faut pas rester seule comme ça… Sinon vous ne pourrez plus lutter contre les idées noires… »

Elle tournait son visage vers moi et me regardait avec un sourire qui avait quelque chose de malicieux. Je n'osais pas lui deman-der son âge. Peut-être avait-elle dix ou quinze ans de plus que moi, le même âge que ma mère à l'époque du grand appartement et des deux photos, d'elle et de moi. Quelle drôle d'idée, quand même, d'être allée mourir au Maroc. « Ce n'était pas une femme méchante, m'avait dit Frédérique un soir où nous par-lions de ma mère. Simplement, elle n'a pas eu de chance… » Elle était venue à Paris, très petite pour faire de la danse classique, à l'école de l'Opéra. C'était la seule chose qui l'intéressait. Puis, elle avait eu un accident « aux chevilles » et elle avait dû arrêter la danse. À vingt ans, elle était danseuse, mais dans des revues obscures, chez Ferrari, aux Préludes, au Moulin-Bleu, tous ces noms que j'avais entendus, pendant leurs conversations, dans la bouche de la brune qui n'aimait pas ma mère et qui avait, elle aussi, travaillé dans ces endroits. « Tu vois, m'avait dit Frédérique, à cause de ses chevilles, c'était comme un cheval de course qui s'est blessé et qu'on emmène à l'abattoir. »

La pharmacienne s'est penchée vers moi et m'a dit : « Essayez de chasser le cafard. Fermez les yeux et pensez à des choses agréables. » Nous étions arrivées rue de Rivoli, avant le Louvre, et le taxi attendait à un feu rouge, bien qu'il n'y eût aucun piéton, aucune autre voiture. À droite, l'enseigne lumineuse d'un club de jazz, perdue sur les façades noires des immeubles. Mais à cause de plusieurs lettres éteintes, on ne pouvait plus lire le nom du club. Je m'étais retrouvée là, un dimanche soir, avec les autres, dans une cave où jouait un vieil orchestre. Si nous n'étions pas venus ce soir-là, je crois qu'il n'aurait joué pour personne. Vers minuit, quand j'étais sortie de la cave en compagnie de ce type qui s'appelait Wurlitzer, je crois que j'avais senti toute ma solitude. La rue de Rivoli déserte, le froid de janvier… Il m'avait proposé de le suivre dans un hôtel. Je le connaissais déjà, l'hôtel, avec son escalier raide et son odeur de moisi. J'ai pensé que c'était le genre d'hôtel où ma mère devait échouer au même âge que moi, les mêmes dimanches soir, quand elle s'appelait Suzanne Cardères. Et je ne voyais pas pourquoi il fallait que tout recommence. Alors, je me suis enfuie. Je courais sous les arcades.

*

J'ai demandé au chauffeur de taxi de s'arrêter boulevard de Clichy, au coin de la rue. C'était le moment de nous quitter. J'ai dit à la pharmacienne :

« Je vous remercie de m'avoir accompagnée. »

Je cherchais un prétexte quelconque pour la retenir. Après tout, il n'était pas si tard que ça. Nous pouvions dîner ensemble dans le café de la place Blanche. Mais c'est elle qui a pris l'initiative :

« J'aimerais bien voir l'endroit où vous habitez. »

Nous sommes sorties du taxi et, au moment de nous engager dans la rue, j'ai éprouvé une curieuse sensation de légèreté. C'était la première fois que je suivais ce chemin avec quelqu'un. La nuit, quand je rentrais seule et que j'arrivais au coin de cette rue Coustou, j'avais brusquement l'impression de quitter le présent et de glisser dans une zone où le temps s'était arrêté. Et je craignais de ne plus franchir la frontière en sens inverse pour me retrouver place Blanche, là où la vie continuait. Je me disais que je resterais toujours prisonnière de cette petite rue et de cette chambre comme la Belle au bois dormant. Mais, cette nuit, quelqu'un m'accompagnait et il ne restait plus autour de nous qu'un décor inoffensif en carton-pâte. Nous marchions sur le trottoir de droite. C'est moi qui lui avais pris le bras. Elle ne semblait pas du tout étonnée d'être là. Nous longions le grand immeuble au début de la rue, nous passions devant le cabaret dont le couloir d'entrée était dans la demi-pénombre. Elle a levé la tête vers l'enseigne en lettres noires : Le Néant.

« Vous êtes déjà allée voir ? »

Je lui ai répondu que non.

« Ce ne doit pas être très gai. »

À cette heure-là, en passant devant Le Néant, j'avais peur d'être entraînée dans le couloir ou plutôt d'y être aspirée, comme si les lois de la pesanteur n'y avaient plus cours. Par superstition, je marchais souvent sur l'autre trottoir. La semaine précédente, j'avais rêvé que j'entrais au Néant. J'étais assise dans l'obscurité. Un projecteur s'allumait, et sa lumière froide et blanche éclairait une petite scène et la salle où je me trouvais assise devant une table ronde. D'autres tables occupées par des silhouettes d'hommes et de femmes immobiles, et dont je savais qu'ils n'étaient plus vivants. Je m'étais réveillée en sursaut. Je crois que j'avais crié.

Nous étions arrivées devant le 11 de la rue Coustou.

« Vous verrez… Ce n'est pas très confortable. Et j'ai peur d'avoir laissé la chambre en désordre…

— Ça n'a aucune importance. »

Quelqu'un me protégeait. Je n'avais plus honte ni peur de rien. Je l'ai précédée dans l'escalier et dans le couloir, mais elle ne me faisait aucune remarque. Elle me suivait, l'air détaché, comme si elle connaissait le chemin.

J'ai ouvert la porte et allumé la lampe. Par chance, le lit était fait et mes vêtements rangés dans le placard. Seul mon manteau était accroché à la poignée de la fenêtre.

Elle s'est dirigée vers la fenêtre. Elle m'a dit, toujours de sa voix calme :

« Ce n'est pas trop bruyant, dehors ?

— Non, pas du tout. »

En bas, le coin de la rue Puget, une rue très courte que je prenais souvent pour couper jusqu'à la place Blanche. Il y avait là un bar, le Canter, dont la façade était en boiseries jaunes. Un soir, très tard, j'y étais entrée pour acheter des cigarettes. Deux types bruns consommaient au bar avec une femme. À une table du fond, d'autres jouaient aux cartes, dans un silence très lourd. On m'avait dit qu'il fallait consommer si je voulais mon paquet de cigarettes et l'un des types bruns avait commandé pour moi un verre de whisky pur que j'avais bu d'un seul trait pour en finir plus vite. Il m'avait demandé si « j'habitais chez mes parents ». Il y avait vraiment dans cet endroit une drôle d'ambiance.

Elle a collé son front à la vitre. Je lui ai dit que ce n'était pas une très belle vue. Elle a remarqué l'absence de volets et de rideaux. Cela ne me gênait-il pas pour dormir ? Je l'ai rassurée. Je n'avais pas besoin de rideaux. La seule chose qui aurait été bien utile, c'était un fauteuil ou même une chaise. Mais jusqu'à présent, je n'avais jamais reçu de visite.

Elle s'est assise au bord du lit. Elle voulait savoir si je me sentais mieux. Oui vraiment, beaucoup mieux qu'au moment où j'avais vu briller de loin l'enseigne de la pharmacie. Sans ce point de repère, j'ignore ce que je serais devenue.

J'aurais voulu lui proposer de dîner avec moi dans le café de la place Blanche. Mais je n'avais pas assez d'argent pour l'inviter. Elle allait partir et je me retrouverais seule dans cette chambre. Cela me semblait encore plus grave que tout à l'heure, lorsque je m'attendais à ce qu'elle me laisse descendre du taxi.

« Et votre travail ? Ça marche ? »

Peut-être était-ce une illusion, mais elle se faisait vraiment du souci pour moi.

« Je travaille avec un ami, lui ai-je dit. Nous traduisons des émissions de radio qui passent sur des postes étrangers. »

Comment Moreau-Badmaev aurait-il réagi s'il avait entendu ce mensonge ? Mais je n'avais pas envie de parler de l'agence Taylor, de Véra Valadier, ni de son mari, ni de la petite. Ce soir-là, c'était un sujet qui me faisait peur.

« Vous connaissez beaucoup de langues étrangères ? »

Et je lisais dans ses yeux un certain respect. J'aurais aimé que cela ne fût pas un mensonge.

« C'est surtout mon ami qui les connaît bien... Moi, je suis encore étudiante à l'École des langues orientales... »

Étudiante. Ce mot m'avait toujours impressionnée et cette qualité me semblait inaccessible. Je crois que la Boche n'avait même pas son certificat d'études. Elle faisait des fautes d'orthographe, mais cela ne se voyait pas trop à cause de sa grande écriture. Et moi, j'avais quitté l'école à quatorze ans.

« Alors, vous êtes étudiante ? »

Elle paraissait rassurée sur mon compte. Je voulais la rassurer encore plus. J'ai ajouté :

« C'est mon oncle qui m'a conseillé de m'inscrire à l'École des langues orientales. Lui-même est professeur. »

Et j'imaginais un appartement dans le quartier des écoles que je connaissais mal et que je situais autour du Panthéon. Et mon oncle, à son bureau, penché sur un livre ancien, à la clarté de la lampe.

« Professeur de quoi ? »

Elle me souriait. Était-elle vraiment dupe de ce mensonge ?

« Professeur de philosophie. »

J'ai pensé à cet homme que je retrouvais le jeudi, à l'époque de l'appartement, mon oncle — c'est le titre qu'on lui donnait —, le dénommé Jean Borand. Nous nous amusions à écouter l'écho de nos voix dans le grand garage vide. Il était jeune et il parlait avec l'accent parisien. Il m'avait emmenée voir *Le Carrefour des archers*. Il m'avait aussi emmenée, tout près du garage, à la foire du Trône. Il portait toujours une épingle de cravate et, au poignet droit, une gourmette, dont il m'avait dit que c'était un cadeau de ma mère. Il l'appelait « Suzanne ». Il n'aurait pas compris que je dise qu'il était professeur de philosophie. Pourquoi mentir ? Surtout à cette femme qui paraissait si bien disposée à mon égard.

« Maintenant, je vais vous laisser dormir…

— Vous ne pouvez pas rester cette nuit avec moi ? »

C'était comme si quelqu'un avait parlé à ma place. J'étais vraiment étonnée d'avoir osé. Et j'avais honte. Elle n'a même pas sourcillé.

« Vous avez peur de rester seule ? »

Elle était assise au bord du lit, à côté de moi. Elle me regardait droit dans les yeux, et ce regard, contrairement à celui de ma mère sur le tableau de Tola Soungouroff, était doux.

« Je reste si cela peut vous rassurer… »

Et d'un geste naturel, avec lassitude, elle a ôté ses chaussures. On aurait dit qu'elle faisait le même geste chaque soir, à la même heure, dans cette chambre. Elle s'est allongée sur le lit, sans quitter le manteau de fourrure. Je restais immobile, assise au bord du lit.

« Vous devriez faire comme moi… Vous avez besoin de sommeil… »

Je me suis allongée à côté d'elle. Je ne savais pas quoi lui dire ou plutôt je craignais que la moindre parole sonne faux, et qu'elle change d'avis, se lève et quitte la chambre. Elle aussi restait silencieuse. J'ai entendu une musique très proche qui semblait venir d'en bas, juste devant l'immeuble. Quelqu'un frappait sur un instrument à percussion. Cela donnait des notes claires et désolées, comme une musique de fond.

« Vous croyez que ça vient du Néant ? » m'a-t-elle dit. Et elle a éclaté de rire. Tout ce qui m'effrayait et me causait un malaise et me faisait croire que, depuis mon enfance, je n'avais jamais pu me débarrasser d'un mauvais sort, tout cela me semblait brusquement aboli. Un musicien, à la fine moustache laquée, frappait avec ses baguettes sur un xylophone. Et j'imaginais la scène du Néant éclairée par le projecteur à la lumière blanche. Un type en uniforme de postillon faisait claquer son fouet et annonçait d'une voix sourde :

« Et maintenant, mesdames et messieurs, voici Trompe-la-mort ! »

La lumière s'atténuait. Et tout à coup, dans le feu du projecteur, apparaissait la femme au manteau jaune, telle que je l'avais vue dans le métro. Elle marchait lentement vers le devant de la scène. Le type à moustache laquée continuait de frapper l'instrument de ses baguettes. Elle saluait le public en levant le bras. Mais il n'y avait pas de public. Tout juste, autour des tables rondes, quelques personnes immobiles et embaumées.

« Oui, lui ai-je dit. La musique doit venir du Néant. »

Elle m'a demandé si elle pouvait éteindre la lampe, qui était de son côté sur la table de nuit.

L'enseigne lumineuse du garage projetait sur le mur, au-dessus de nous, les reflets habituels. Je me suis mise à tousser. Elle s'est rapprochée de moi. J'ai posé ma tête sur son épaule. Au contact très doux de la fourrure, l'angoisse et les mauvaises pensées s'éloignaient peu à peu. La Petite Bijou, Trompe-la-mort, la Boche, le manteau jaune... Tous ces pauvres accessoires appartenaient maintenant à la vie de quelqu'un d'autre. Je les avais abandonnés comme un costume et des harnais trop lourds que l'on m'avait obligée à porter pendant longtemps et qui me coupaient le souffle. J'ai senti ses lèvres sur mon front.

« Je n'aime pas que vous toussiez comme ça, m'a-t-elle dit à voix basse. Vous avez dû attraper froid dans cette chambre. »

C'était vrai. Nous allions bientôt entrer dans l'hiver et ils n'avaient pas encore allumé le chauffage central.

Elle est partie très tôt, le matin. Et moi, ce jour-là, je devais aller à Neuilly pour m'occuper de la petite. J'ai sonné vers 3 heures de l'après-midi à la porte de la maison des Valadier. C'est Véra Valadier qui est venue m'ouvrir. Elle paraissait étonnée de me voir. On aurait dit que je l'avais réveillée et qu'elle s'était habillée à la hâte.

« Je ne savais pas que vous veniez aussi le jeudi. »

Et quand je lui ai demandé si la petite était là, elle a dit « non ». Elle n'était pas encore rentrée de l'école. Pourtant c'était jeudi et il n'y avait pas d'école. Mais elle m'a expliqué que le jeudi les pensionnaires jouaient tout l'après-midi dans la cour et que la petite était avec elles. J'avais remarqué que Véra Valadier ne la désignait jamais par son prénom, et son mari non plus. L'un et l'autre disaient « elle ». Et quand ils appelaient leur fille, ils lui disaient simplement : Où es-tu ? Qu'est-ce que tu fais ? Mais jamais son prénom ne venait sur leurs lèvres. Après toutes ces années, je ne pourrais plus dire moi-même quel était ce prénom. Je l'ai oublié et je finis par me demander si je l'ai jamais connu.

Elle m'a fait entrer dans la pièce du rez-de-chaussée où M. Valadier avait l'habitude de téléphoner, assis sur le coin de son bureau. Pourquoi avait-elle laissé sa fille à l'école avec les pensionnaires, un jour de congé ? Je n'ai pas pu m'empêcher de lui poser la question.

« Mais cela l'amuse beaucoup de rester là-bas le jeudi après-midi… »

Autrefois, ma mère aussi disait une phrase du même genre et toujours dans des circonstances où j'étais si désespérée que j'avais envie de respirer le flacon d'éther.

« Vous pouvez aller la chercher tout à l'heure… Sinon elle sera très contente de revenir seule… Vous m'excusez un instant ? »

Sa voix et les traits de son visage exprimaient un certain désarroi. Elle est sortie très vite en me laissant dans cette pièce où il n'y avait pas le moindre siège. J'ai été tentée de m'asseoir comme M. Valadier sur le coin du bureau. Un bureau massif de bois clair avec deux tiroirs de chaque côté et le dessus recouvert de cuir. Pas une seule feuille de papier, un seul crayon sur le bureau. Rien qu'un téléphone. Peut-être M. Valadier rangeait-il ses dossiers dans les tiroirs. Je n'ai pas pu vaincre ma curiosité et j'ai ouvert et refermé les tiroirs les uns après les autres. Ils étaient vides, sauf l'un d'eux, au fond duquel traînaient quelques cartes de visite au nom de « Michel Valadier », mais l'adresse indiquée n'était pas celle de Neuilly.

Les éclats d'une dispute venaient de l'escalier. J'ai reconnu la voix de Mme Valadier et j'étais surprise de l'entendre dire des mots assez grossiers, mais, par moments, sa voix était plaintive. Une voix d'homme lui répondait. Ils sont passés dans l'encadrement de la porte. La voix de Mme Valadier s'est adoucie. Maintenant, ils parlaient très bas dans le vestibule. Puis la porte d'entrée a claqué, et, de la fenêtre, je voyais s'éloigner un jeune homme brun d'assez petite taille, avec une veste en daim et un foulard. Elle est revenue dans le bureau.

« Excusez-moi de vous avoir laissée seule… »

Elle s'était rapprochée de moi et je sentais à son regard qu'elle voulait me demander quelque chose.

« Vous pourriez m'aider à faire un peu de rangement ? »

Elle m'a entraînée dans l'escalier et j'ai monté les marches derrière elle jusqu'au premier étage. Nous sommes entrées dans une grande chambre au fond de laquelle il y avait un lit très large et très bas. C'était d'ailleurs le seul meuble de la pièce. Le lit était défait, un plateau posé sur la table de nuit, avec deux coupes et une bouteille de champagne ouverte. Le bouchon de celle-ci était bien visible au milieu de la moquette grise. La couverture tirée pendait au pied du lit. Les draps étaient froissés, les oreillers éparpillés sur le lit, où traînait une robe de chambre d'homme en soie bleu foncé, une combinaison et des bas. Par terre, un cendrier rempli de mégots.

Mme Valadier est allée ouvrir les deux fenêtres. Il flottait une odeur un peu écœurante, un mélange de parfum et de tabac blond, une odeur de gens qui sont restés longtemps dans la même pièce et le même lit.

Elle a pris la robe de chambre bleue et m'a dit :

« Il faut que je la range dans l'armoire de mon mari. »

Quand elle est revenue, elle m'a demandé si je voulais l'aider à faire le lit. Elle avait des gestes rapides et brusques pour tendre les draps et la couverture, comme si elle craignait d'être surprise par quelqu'un, et j'avais du mal à suivre son rythme. Elle a caché la combinaison et les bas sous un oreiller. Nous avions fini de mettre le couvre-lit et son regard s'est posé sur le plateau.

« Ah oui… j'avais oublié… »

Elle a pris la bouteille de champagne et les deux coupes et elle a ouvert un placard où étaient rangées des paires de chaussures. Je n'en avais jamais vu en aussi grand nombre : des escarpins de différentes couleurs, des ballerines, des bottes… Elle a poussé la bouteille et les deux verres au fond de l'étagère du haut et a refermé le placard. On aurait dit quelqu'un qui cache en toute hâte des objets compromettants avant l'arrivée de la police. Il restait le cendrier et le bouchon de la bouteille de champagne. C'est moi qui les ai ramassés. Elle me les prenait des mains et elle passait dans la salle de bains dont la porte était ouverte. Il y a eu le bruit d'une chasse d'eau.

Elle me fixait d'un regard étrange. Elle voulait me dire quelque chose, mais elle n'en a pas eu le temps. Par les fenêtres ouvertes, montait le bruit d'un moteur diesel. Elle s'est penchée à l'une des fenêtres. J'étais juste derrière elle. En bas, M. Valadier sortait d'un taxi. Il portait un sac de voyage et une serviette de cuir noir.

Quand nous l'avons rejoint, il téléphonait déjà, assis sur son bureau et il nous a adressé un geste du bras. Puis il a raccroché. Mme Valadier lui a demandé s'il avait fait bon voyage.

« Pas si bon que ça, Véra. »

Elle a hoché la tête d'un air pensif.

« Mais quand même, tu es rassuré ?

— Dans l'ensemble oui, mais il y a encore quelques petits détails qui clochent. »

Il s'est tourné vers moi et m'a souri.

« Elle n'a pas classe aujourd'hui ? »

Il parlait de sa fille, mais il me semblait que cela ne l'intéressait pas vraiment et qu'il le faisait par politesse pour moi.

« Je l'ai laissée à l'école avec les pensionnaires », a dit Mme Valadier.

M. Valadier a ôté son manteau bleu marine qu'il a posé sur le sac de voyage, au pied du bureau. Sa femme lui a expliqué que je voulais chercher la petite à l'école.

« Vous savez, elle peut très bien rentrer toute seule… »

Sa voix était très douce et il me souriait toujours. En somme, il pensait comme sa femme.

« Il y a une chose dont nous aimerions vous parler au sujet de notre fille, m'a dit Mme Valadier. Elle voudrait avoir un chien. »

M. Valadier était toujours assis au coin de son bureau. Il balançait l'une de ses jambes, d'un mouvement régulier. Où pouvaient bien s'asseoir les gens qu'il recevait dans ce bureau ? Peut-être y installait-il des sièges de camping ? Mais j'avais plutôt l'impression qu'il ne venait jamais personne ici.

« Il faudrait que vous lui expliquiez que ce n'est pas possible », a dit Véra Valadier.

Elle paraissait affolée à la perspective qu'un chien puisse s'introduire dans cette maison.

« Vous le lui expliquerez tout à l'heure ? »

Son regard était si inquiet que je n'ai pas pu m'empêcher de lui dire :

« Oui, madame. »

Elle m'a souri. Visiblement, je l'avais débarrassée d'un grand poids.

« Je vous ai déjà demandé de ne pas m'appeler madame, mais Véra. »

Elle se tenait à côté de son mari, appuyée contre le bureau.

« D'ailleurs, ce serait beaucoup plus simple si vous nous appeliez tous les deux Véra et Michel. »

Son mari me souriait aussi. Ils étaient là, en face de moi, encore assez jeunes et, l'un et l'autre, le visage lisse.

Pour moi, le mauvais sort et les mauvais souvenirs ne se résumaient qu'à un seul visage, celui de ma mère. La petite, elle, devrait affronter ces deux personnes, avec leurs sourires et leurs visages lisses, comme on s'étonne quelquefois d'en voir aux criminels qui sont restés longtemps impunis.

M. Valadier sortait de la pochette de sa veste un cigarillo qu'il allumait avec un briquet. Il en tirait une bouffée qu'il soufflait pensivement. Il se tournait vers moi.

« Je compte sur vous pour cette histoire de chien. »

*

J'ai tout de suite vu la petite. Elle était assise sur le banc et lisait un illustré. Autour d'elle, une vingtaine de filles plus âgées étaient dispersées dans la cour de l'école. Les pensionnaires. Elle ne leur prêtait pas la moindre attention, comme si elle avait attendu toute la journée en ignorant pourquoi elle se trouvait là. Elle a paru surprise que je vienne la chercher si tôt.

Nous suivions la rue de la Ferme.

« On n'est pas obligées de rentrer tout de suite à la maison », m'a-t-elle dit.

Nous étions arrivées au bout de la rue et nous nous sommes engagées dans cette partie du bois de Boulogne où sont plantés des pins. C'était étrange de marcher une fin d'après-midi de novembre parmi ces arbres qui évoquaient l'été et la mer. Moi aussi, au même âge qu'elle, je ne voulais pas rentrer à la maison. Mais pouvait-on appeler maison ce gigantesque appartement où je m'étais retrouvée avec ma mère, sans comprendre pourquoi elle y habitait ? La première fois qu'elle m'y avait emmenée, j'avais cru que c'était chez des amis à elle, et j'avais été étonnée que nous restions, là, le soir, toutes les deux — « je vais te montrer ta chambre », m'avait-elle annoncé. Et quand j'avais dû me coucher, je n'étais pas très rassurée. Dans cette grande chambre vide et ce lit trop large, je m'attendais à voir entrer quelqu'un qui m'aurait demandé ce que je faisais là. Oui, c'était comme si j'avais deviné que ma mère et moi, nous n'avions pas vraiment le droit d'occuper ces lieux.

« Tu habites depuis longtemps dans la maison ? » ai-je demandé à la petite.

Elle était déjà là, au début de l'année. Mais elle ne se souvenait pas très bien où elle vivait avant. Ce qui m'avait frappé, la première fois que j'étais allée chez les Valadier, c'était toutes les pièces vides, et elles m'avaient fait penser à cet appartement où j'avais vécu avec ma mère, au même âge que la petite. Je me souvenais que, dans la cuisine, un tableau était fixé au mur avec des signaux lumineux et des plaques blanches où était écrit en lettres noires : SALLE À MANGER. BUREAU. ENTRÉE. SALON... et j'avais lu aussi : CHAMBRE DES ENFANTS. Quels pouvaient bien être ces enfants ? Ils allaient revenir d'un instant à l'autre et me demander pourquoi je me trouvais dans leur chambre.

Le soir tombait et la petite aurait voulu retarder l'heure du retour. Nous nous étions éloignées du domicile de ses parents, mais était-ce vraiment leur domicile ? Douze ans après, qui savait encore, par exemple, que ma mère avait habité elle aussi, tout près du bois, avenue de Malakoff ? Cet appartement n'était pas le nôtre. J'avais compris plus tard que ma mère l'occupait en l'absence de son propriétaire. Frédérique et l'une de ses amies en avaient parlé un soir à Fossombronne, pendant le dîner, et j'étais assise à la table. Certains mots se gravent dans la mémoire des enfants et, s'ils ne les comprennent pas sur le moment, ils les comprendront vingt ans plus tard. C'est un peu comme les grenades dont on nous disait de nous méfier à Fossombronne. Il y en avait, paraît-il, une ou deux enterrées dans le Pré au Boche depuis la guerre et qui risquaient encore d'exploser après tout ce temps.

Une raison de plus d'avoir peur. Mais nous ne pouvions pas nous empêcher de nous glisser dans ce terrain abandonné et d'y jouer à cache-cache. Frédérique était allée à l'appartement pour essayer de récupérer quelque chose que ma mère avait oublié, en partant.

Nous étions arrivées au bord du petit lac où l'hiver les gens viennent patiner. Un beau crépuscule. Les arbres se découpaient sur un ciel bleu et rose.

« Il paraît que tu veux un chien. »

Elle était gênée, comme si j'avais dévoilé son secret.

« Tes parents me l'ont dit. »

Elle a froncé les sourcils et ses lèvres se serraient dans une moue. Puis elle m'a dit, brusquement :

« Eux, ils ne veulent pas de chien.

— Je vais essayer de leur parler. Ils finiront bien par comprendre. »

Elle m'a souri. Elle avait l'air de me faire confiance. Elle croyait que j'allais pouvoir convaincre Véra et Michel Valadier. Mais je n'avais guère d'illusion. Ces deux-là étaient aussi coriaces que la Boche. Je l'avais senti dès le début. Elle, Véra, ça se voyait tout de suite. Elle avait un faux prénom. Lui non plus, à mon avis, il ne s'appelait pas Michel Valadier. Il avait dû se servir, déjà, de plusieurs noms. Et d'ailleurs, sur sa carte de visite, il était écrit une autre adresse que la sienne. Je me demandais s'il n'était pas encore plus retors et plus dangereux que sa femme.

Maintenant, il fallait rentrer et je regrettais de lui avoir fait une fausse promesse. Nous suivions les pistes cavalières pour rejoindre le jardin d'Acclimatation. J'étais sûre que Véra et Michel Valadier demeureraient inflexibles.

C'est lui qui nous a ouvert la porte. Mais il est tout de suite rentré dans son bureau du rez-de-chaussée, sans nous dire un mot. J'ai entendu des éclats de voix, très violents. Mme Valadier — Véra — hurlait, mais je ne comprenais pas ce qu'elle disait. Leurs voix à tous les deux se mêlaient et chacun voulait étouffer la voix de l'autre sous la sienne. La petite ouvrait grands les yeux. Elle avait peur, mais je devinais qu'elle était habituée à cette peur. Elle restait immobile, figée dans le vestibule, et j'aurais dû l'entraîner ailleurs. Mais où ? Puis Mme Valadier est sortie du bureau, l'air calme, et nous a interrogées :

« Vous avez fait une belle promenade ? »

Elle ressemblait, de nouveau, à ces blondes froides et mystérieuses qui glissent dans les vieux films américains. À son tour, M. Valadier est sorti. Il était très calme lui aussi. Il portait un complet noir élégant et sur l'une de ses joues de grandes estafilades, sans doute des traces d'ongles. Ceux de Véra Valadier ? Elles les avaient assez longs. Ils se tenaient l'un à côté de l'autre dans l'encadrement de la porte, et ils avaient leurs visages lisses d'assassins qui demeureraient longtemps impunis, faute de preuves. On aurait dit qu'ils posaient, non pas pour une photo anthropométrique, mais pour celles que l'on prend à l'entrée d'une soirée, à mesure que se présentent les invités.

« Mademoiselle t'a expliqué pour le chien ? » a questionné Véra Valadier d'un ton distant qui n'était pas celui de la rue de Douai, où, m'avait-elle dit, elle était née. Avec un autre prénom.

« C'est très gentil, les chiens... Mais c'est très sale. »

Et Michel Valadier ajoutait, sur le même ton que sa femme :

« Ta maman a raison... Ça ne serait vraiment pas bien d'avoir un chien à la maison...

— Quand tu seras grande, tu pourras avoir tous les chiens que tu veux... Mais pas ici et pas maintenant. »

La voix de Véra Valadier avait changé. Elle exprimait une sorte d'amertume. Peut-être pensait-elle à ce temps proche — les années passent si vite — où sa fille serait grande et où elle, Véra, hanterait les couloirs du métro pour l'éternité avec un manteau jaune.

La petite ne répondait rien. Elle se contentait d'écarquiller les yeux.

« Avec les chiens, on attrape des maladies, tu comprends..., a dit M. Valadier. Et puis ça mord, les chiens. »

Il avait maintenant un regard fuyant et une drôle de manière de parler, comme un marchand à la sauvette qui voit, de loin, arriver la police.

J'avais peine à rester silencieuse. J'aurais pris volontiers la défense de la petite, mais je ne voulais pas que la conversation s'envenime et que cela risque de l'effrayer. Cependant, je n'ai pas pu m'empêcher de regarder droit dans les yeux Michel Valadier et de lui dire :

« Vous vous êtes fait mal, monsieur ? »

Et je passais un doigt sur ma joue, à l'endroit où lui-même avait ces longues estafilades. Il a bredouillé :

« Non… Pourquoi ?

— Vous devriez vous désinfecter… C'est comme la morsure des chiens… On peut attraper la rage. »

Cette fois-ci, je voyais bien qu'il perdait pied. Et Véra Valadier aussi. Ils m'observaient avec méfiance. Sous la lumière trop franche du lustre, ils n'étaient plus qu'un couple suspect, déboussolé, que l'on venait de prendre dans une rafle.

« Je crois que nous sommes en retard », a-t-elle dit en se tournant vers son mari.

Et elle avait retrouvé une voix froide. Michel Valadier consultait sa montre-bracelet, et disait sur le même ton faussement détaché :

« Oui, il faut partir… »

Elle a dit à la petite :

120

« Il y a une tranche de jambon pour toi dans le frigidaire. Je crois que nous rentrerons tard ce soir… »

La petite s'était rapprochée de moi et maintenant elle me prenait la main et me la serrait fort comme une personne qui veut qu'on la guide dans le noir.

« Il vaut mieux que vous partiez, m'a dit Véra Valadier. Elle doit s'habituer à être seule. »

Elle prenait sa fille par la main et l'attirait vers elle.

« Mademoiselle va partir maintenant. Tu dînes et tu te mets au lit. »

La petite me regardait de nouveau avec ses yeux grands ouverts dont on avait l'impression qu'ils ne pouvaient plus s'étonner de rien. Michel Valadier s'était avancé et elle se tenait maintenant immobile, entre ses parents.

« À demain, lui ai-je dit.

— À demain. »

Mais elle n'avait pas l'air d'y croire beaucoup.

*

Dehors, je me suis assise sur un banc de l'allée qui longeait le jardin d'Acclimatation. Je ne savais pas ce que j'attendais là. Au bout d'un moment, j'ai vu sortir de la maison

Mme et M. Valadier. Elle portait un manteau de fourrure et lui un manteau bleu marine. Ils marchaient à une certaine distance l'un de l'autre. Quand ils sont arrivés à la hauteur de la voiture noire, elle est montée à l'arrière et lui s'est installé au volant, comme s'il était son chauffeur. La voiture a disparu vers l'avenue de Madrid, et je me suis dit que je ne saurais jamais rien de ces gens, ni leurs vrais prénoms, ni leurs vrais noms, ni la raison pour laquelle une expression inquiète traversait parfois le regard de Mme Valadier et pourquoi il n'y avait pas de sièges dans le bureau de M. Valadier dont la carte de visite portait une autre adresse que la sienne. Et la petite ? Elle, au moins, n'était pas un mystère pour moi. Je devinais ce qu'elle pouvait ressentir. J'avais été, à peu près, le même genre d'enfant.

La lumière s'est allumée au deuxième étage, dans sa chambre. J'ai eu la tentation d'aller lui tenir compagnie. Il m'a semblé voir son ombre à la fenêtre. Mais je n'ai pas sonné. Je me sentais si mal en ce temps-là que je n'avais même pas le courage d'aider quelqu'un. Et puis cette histoire de chien m'avait rappelé un épisode de mon enfance.

J'ai marché jusqu'à la porte Maillot et j'étais soulagée de quitter le bois de Boulogne. De jour, cela allait encore, au bord du lac des Patineurs, avec la petite. Mais maintenant qu'il faisait nuit, j'éprouvais une sensation de vide bien plus terrible que le vertige qui me prenait sur le trottoir de la rue Coustou, devant l'entrée du Néant.

À ma droite, les premiers arbres du bois de Boulogne. Un soir de novembre, un chien s'était perdu dans ce bois et cela me tourmenterait jusqu'à la fin de ma vie, à des moments où je m'y attendais le moins. Les nuits d'insomnie et les jours de solitude. Mais aussi les jours d'été. J'aurais dû expliquer à la petite que c'était dangereux, ces histoires de chien.

Quand j'étais entrée dans la cour, tout à l'heure, et que je l'avais vue sur le banc, je pensais à une autre cour d'école. J'avais le même âge que la petite et, dans cette cour aussi, il y avait des pensionnaires plus grandes. C'était elles qui s'occupaient de nous. Chaque matin, elles nous aidaient à nous habiller et, le soir, à faire notre toilette. Elles raccommodaient nos vêtements. Ma grande s'appelait Thérèse, comme moi. Une brune aux yeux bleus qui portait un tatouage sur le bras. Dans mon souvenir, elle ressemble un peu à la pharmacienne. Les autres pensionnaires, et même les bonnes sœurs, avaient peur d'elle, mais, avec moi, elle a toujours été gentille. Elle volait du chocolat noir dans les réserves de la cuisine et venait m'en apporter le soir, au dortoir. Pendant la journée, elle m'emmenait

quelquefois dans un atelier, près de la cha-
pelle, où les grandes apprenaient le repas-
sage.

Un jour, ma mère est venue me chercher.
Elle m'a fait monter dans une voiture. J'étais
sur la banquette avant, à côté d'elle. Je crois
qu'elle m'a dit que je ne reviendrais plus dans
ce pensionnat. Il y avait un chien sur la banquette arrière. Et la voiture était garée à peu
près à l'endroit où la camionnette m'avait
renversée quelque temps auparavant. Le pensionnat ne devait pas être très loin de la gare
de Lyon. Je me rappelle que les dimanches où
Jean Borand m'attendait à la porte du pensionnat, nous allions à pied jusqu'à son
garage. Et le jour où ma mère m'a emmenée
en voiture avec le chien, nous sommes passées
devant la gare de Lyon. En ce temps-là, les
rues étaient désertes à Paris et j'avais eu
l'impression que nous étions les seules, en voiture.

C'est ce jour-là que je suis allée pour la première fois avec elle dans le grand appartement, près du bois de Boulogne et qu'elle m'a
montré MA CHAMBRE. Avant, les rares fois où
Jean Borand m'emmenait la voir, nous prenions le métro jusqu'à Étoile et elle habitait
encore l'hôtel. Sa chambre était plus petite
que la mienne, rue Coustou. J'ai retrouvé,
dans la boîte en métal, un télégramme qui lui

était adressé à cet hôtel et sous son véritable nom : Suzanne Cardères, hôtel San Remo, 8, rue d'Armaillé. Chaque fois, j'étais soulagée de découvrir l'adresse de ces lieux dont je gardais un souvenir flou, mais qui revenaient sans cesse dans mes cauchemars. Si je savais leur emplacement exact et si je pouvais revoir leur façade, alors, j'étais sûre qu'ils deviendraient inoffensifs.

Un chien. Un caniche noir. Dès le début, il a dormi dans ma chambre. Ma mère ne s'occupait jamais de lui, et d'ailleurs, quand j'y pense aujourd'hui, elle aurait été incapable de s'occuper d'un chien, pas plus que d'un enfant. Quelqu'un lui avait certainement offert ce chien. Il n'était pour elle qu'un simple accessoire dont elle a dû se lasser très vite. Je me demande encore par quel hasard, ce chien et moi, nous nous trouvions tous les deux dans la voiture. Maintenant qu'elle habitait un grand appartement et qu'elle s'appelait la comtesse Sonia O'Dauyé, il lui fallait sans doute un chien et une petite fille.

Je me promenais avec le chien, en bas de l'immeuble, tout le long de l'avenue. Au bout, la porte Maillot. Je ne me souviens plus comment s'appelait le chien. Ma mère ne lui avait pas donné de nom. Cela se passait les premiers temps que j'habitais avec elle dans l'appartement. Elle ne m'avait pas encore inscrite au cours Saint-André et je n'étais pas encore la Petite Bijou. Jean Borand venait me chercher le jeudi et m'emmenait dans son garage pour toute la journée. Et je gardais le chien avec moi. J'avais déjà compris que ma mère oublierait de lui donner à manger. C'était moi qui lui préparais ses repas. Quand Jean Borand venait me chercher, nous prenions le métro avec le chien, discrètement. De la gare de Lyon, nous marchions jusqu'au garage. Je voulais lui enlever sa laisse. Il ne risquait pas de se faire écraser, il n'y avait aucune voiture dans les rues. Mais Jean Borand m'avait déconseillé de lui enlever sa laisse. Après tout, j'avais moi-même failli me faire écraser par une camionnette, devant l'école.

Ma mère m'a inscrite au cours Saint-André. J'y allais toute seule, à pied, chaque matin et je revenais le soir, vers 6 heures. Malheureusement, je ne pouvais pas emmener le chien. C'était tout près de l'appartement, rue Pergolèse. J'ai retrouvé l'adresse exacte sur un bout de papier dans l'agenda de ma mère. COURS SAINT-ANDRÉ, 58, rue Pergolèse. Qui lui avait conseillé de m'envoyer là-bas ? J'y restais toute la journée.

Un soir, quand je suis revenue à l'appartement, le chien n'était plus là. J'ai pensé que ma mère était sortie avec lui. Elle m'avait promis de le promener et de lui donner à manger. D'ailleurs, j'avais demandé la même chose au cuisinier chinois qui préparait le dîner et apportait chaque matin à ma mère, dans sa chambre, le plateau du petit déjeuner. Elle est rentrée un peu plus tard et le chien n'était pas avec elle. Elle m'a dit qu'elle l'avait perdu dans le bois de Boulogne. Elle avait rangé la laisse dans son sac et elle me l'a tendue comme si elle voulait me prouver qu'elle ne mentait pas. Sa voix était très calme. Elle n'avait pas l'air triste. On aurait dit qu'elle trouvait cela naturel. « Il faudra faire une annonce demain et peut-être quelqu'un nous le ramènera. » Et elle m'accompagnait jusqu'à ma chambre. Mais le ton de sa voix était si calme, si indifférent que j'ai senti qu'elle pensait à autre chose. Il n'y avait que moi pour penser au chien. Personne ne l'a jamais ramené. Dans ma chambre, j'avais peur d'éteindre la lumière. J'avais perdu l'habitude d'être seule, la nuit, depuis que ce chien dormait avec moi, et maintenant c'était encore pire que le dortoir du pensionnat. Je l'imaginais dans le noir, perdu au milieu du bois de Boulogne. Ce jour-là, ma mère est allée à une soirée et je me souviens encore de la robe qu'elle portait avant de partir. Une robe bleue avec un voile. Cette robe est longtemps revenue dans mes cauchemars et toujours un squelette la portait.

J'ai laissé la lumière toute la nuit et les autres nuits. La peur ne m'a plus quittée. Je me disais qu'après le chien viendrait mon tour.

De drôles de pensées me traversaient l'esprit, si confuses que j'ai attendu une dizaine d'années qu'elles se précisent et que je puisse les formuler. Un matin, quelque temps avant de rencontrer cette femme au manteau jaune dans les couloirs du métro, je m'étais réveillée avec, sur les lèvres, l'une de ces phrases qui semblent incompréhensibles, parce qu'elles sont les derniers lambeaux d'un rêve oublié : IL FALLAIT TUER LA BOCHE POUR VENGER LE CHIEN.

Je suis rentrée vers 7 heures du soir dans ma chambre de la rue Coustou, et, là, je ne me sentais plus le courage d'attendre jusqu'à mercredi le retour de la pharmacienne. Elle était partie en province pour deux jours. Elle m'avait donné un numéro de téléphone au cas où j'éprouverais le besoin de lui parler : le 225 à Bar-sur-Aube.

Au sous-sol du café de la place Blanche, j'ai demandé à la dame du vestiaire le 225 à Bar-sur-Aube. Mais au moment où elle décrochait le combiné, je lui ai dit que ce n'était pas la peine. Tout à coup, je n'osais plus importuner la pharmacienne. J'ai pris un jeton, je suis entrée dans la cabine et j'ai fini par composer le numéro de Moreau-Badmaev. Il écoutait une émission de radio, mais il m'a quand même proposé de venir chez lui. J'étais soulagée de savoir que quelqu'un voulait bien passer la soirée avec moi. J'hésitais à prendre le métro jusqu'à la porte d'Orléans. Ce qui me faisait peur, c'était le changement à Montparnasse-Bienvenue. Le couloir était aussi long que celui de Châtelet, et il n'y avait pas de tapis roulant. Il me restait assez d'argent pour y aller en taxi. Une fois montée dans le premier de la file qui attendait devant le Moulin-Rouge, j'étais brusquement rassurée, comme l'autre soir, avec la pharmacienne.

*

La lumière verte du poste était allumée, et Moreau-Badmaev, assis le dos au mur, écrivait sur son bloc de papier à lettres, tandis qu'un homme parlait d'une voix métallique dans une langue étrangère. Cette fois-ci, m'a-t-il dit, pas besoin d'écrire en sténo. L'homme parlait si lentement qu'il avait le temps d'écrire ses paroles au fur et à mesure. Ce soir, il le faisait pour son plaisir et pas du tout pour des raisons professionnelles. C'était un récital de poèmes. L'émission venait de loin, et la voix de l'homme, de temps en temps, était recouverte par un bruissement de parasites. Il s'est tu, et nous avons entendu une musique de harpe. Badmaev m'a tendu le papier que j'ai gardé précieusement jusqu'à aujourd'hui :

Mar egy hete csak a mamara
Gondolok mindig, meg-megallva.
Nyikorgo kosarral öleben,
Ment a padlasra, ment serénye n

En meg öszinte ember voltam,
Orditottam toporzékoltam.
Hagyja a dagadt ruhat masra
Emgem vigyen föl a padlasra

Il m'a traduit le poème et j'ai oublié ce que cela voulait dire, et dans quelle langue il était écrit. Puis il a baissé le volume de la radio, mais il y avait toujours la lumière verte.

« Vous n'avez pas l'air dans votre assiette. »

Il me regardait de manière si attentive que je me suis sentie en confiance comme avec la pharmacienne. J'avais envie de tout lui dire. Je lui ai raconté l'après-midi passé avec la petite au bois de Boulogne, Véra et Michel Valadier, le retour dans ma chambre, rue Coustou. Et le chien qui s'était perdu pour toujours, il y avait presque douze ans. Il m'a demandé la couleur du chien.

« Noire.

— Et depuis, vous en avez reparlé avec votre mère ?

— Je ne l'ai plus revue depuis cette époque. Je croyais qu'elle était morte au Maroc. »

131

Et j'étais prête à lui raconter ma rencontre avec cette femme au manteau jaune dans le métro, le grand immeuble de Vincennes, l'escalier et la porte de Trompe-la-mort à laquelle je n'avais pas osé frapper.

« J'ai eu une drôle d'enfance… »

Il écoutait toute la journée la radio en prenant des notes sur son bloc de papier à lettres. Alors, il pouvait bien m'écouter, moi.

« Quand j'avais sept ans, on m'appelait la Petite Bijou. »

Il a souri. Il trouvait certainement cela charmant et tendre pour une petite fille. Lui aussi, j'en étais sûre, sa maman lui avait donné un surnom qu'elle lui murmurait à l'oreille, le soir, avant de l'embrasser. Patoche. Pinky. Poulou.

« Ce n'est pas ce que vous croyez, lui ai-je dit. Moi, c'était mon nom d'artiste. »

Il a froncé les sourcils. Il ne comprenait pas. À la même période, ma mère aussi avait pris un nom d'artiste : Sonia O'Dauyé. Elle avait renoncé au bout de quelque temps à son faux titre de noblesse, mais la petite plaque de cuivre, où l'on pouvait lire : COMTESSE SONIA O'DAUYÉ, était restée sur la porte de l'appartement.

« Votre nom d'artiste ? »

Je me demandais s'il fallait lui raconter tout depuis le début. L'arrivée de ma mère à Paris, l'école de danse, l'hôtel de la rue Coustou, puis celui de la rue d'Armaillé, et mes premiers souvenirs à moi : le pensionnat, la camionnette et l'éther, cette époque où je ne m'appelais pas encore la Petite Bijou. Mais je lui avais révélé mon nom d'artiste, alors il valait mieux s'en tenir à la période où nous nous étions retrouvées ma mère et moi dans ce grand appartement. Il ne lui avait pas suffi d'avoir perdu un chien dans le bois de Boulogne. Il lui en fallait un autre qu'elle puisse exhiber comme un bijou, et voilà sans doute pourquoi elle m'avait donné ce nom.

Il restait silencieux. Peut-être avait-il senti que j'hésitais maintenant à parler ou que j'avais perdu le fil de mes aventures. Je n'osais pas le regarder. Je fixais la lumière verte, au milieu du poste, un vert phosphorescent qui m'apaisait.

« Il faudra que je vous montre des photos… Vous comprendrez… »

Et j'essayais de lui décrire ces deux photos prises le même jour, ces deux photos d'artistes : « Sonia O'Dauyé et la Petite Bijou », faites pour les besoins d'un film où ma mère avait été engagée, elle qui, jusqu'alors, n'avait jamais exercé le métier de comédienne. Engagée pour quelle raison ? Et par qui ? Elle avait voulu que je joue dans le film le rôle de sa fille. Le sien n'était pas le rôle principal, mais elle tenait à ce que je reste auprès d'elle. J'avais remplacé le chien. Pour combien de temps ?

« Et ce film, comment s'appelait-il ?

— *Le Carrefour des archers.* »

J'avais répondu sans hésiter, mais c'était comme les mots que l'on a appris par cœur dans l'enfance — une prière ou les paroles d'une chanson que l'on récite d'un bout à l'autre sans jamais en comprendre le sens.

« Vous vous souvenez du tournage ? »

On m'avait fait venir très tôt le matin dans une sorte de grand hangar. Jean Borand m'y avait accompagnée. Plus tard, dans l'après-midi, quand j'avais fini et que je pouvais partir, il m'avait conduite tout près de là, au parc des Buttes-Chaumont. Il faisait très chaud, c'était l'été. J'avais joué mon rôle, je ne devais plus revenir dans le hangar. Ils m'avaient demandé de m'allonger sur le lit, puis de me redresser et de dire : « J'ai peur. » C'était aussi simple que cela. Un autre jour, ils m'avaient demandé de rester allongée sur le lit et de feuilleter un album d'images. Puis ma mère entrait dans la chambre, vêtue d'une robe bleue et vaporeuse — la même robe qu'elle portait en quittant l'appartement, le soir, après avoir perdu le chien. Elle s'asseyait sur le lit et me regardait avec de grands yeux tristes. Puis elle me caressait la joue et se penchait pour m'embrasser, et je me souviens que nous avions dû recommencer plusieurs fois. Dans la vie courante, elle n'avait jamais ces gestes tendres.

Il m'écoutait attentivement. Il a écrit quelque chose sur le bloc de papier à lettres. Je lui ai demandé quoi.

« Le titre du film. Ce serait drôle pour vous de le revoir, non ? »

Au cours de ces douze dernières années, l'idée de revoir ce film ne m'était même pas venue à l'esprit. Pour moi, c'était comme s'il n'avait jamais existé. Je n'en avais parlé à personne.

« Vous croyez qu'on pourrait le revoir ?

— Je vais demander à un ami qui travaille à la cinémathèque. »

Cela m'a fait peur. J'étais comme une criminelle qui finit par oublier son crime, alors qu'il en reste une preuve. Elle vit sous une autre identité et elle a si bien changé d'aspect que personne ne peut plus la reconnaître. Si quelqu'un m'avait demandé : « Dans le temps, vous n'étiez pas la Petite Bijou ? » j'aurais répondu non et je n'aurais pas eu l'impression de mentir. Ce jour de juillet où ma mère m'avait accompagnée à la gare d'Austerlitz et m'avait accroché au cou l'étiquette : Thérèse Cardères, chez Mme Chatillon, chemin du Bréau, à Fossombronne-la-Forêt, j'avais compris qu'il valait mieux oublier la Petite Bijou. D'ailleurs, ma mère m'avait bien recommandé de ne parler à personne et de ne pas dire où j'avais habité à Paris. J'étais tout simplement une pensionnaire qui revenait en vacances dans sa famille, chemin du Bréau, à Fossom-bronne-la-Forêt. Le train était parti. Il y avait beaucoup de monde. J'étais debout dans le couloir. Heureusement que je portais mon éti-quette, sinon je me serais perdue parmi tous ces gens. J'aurais oublié mon nom.

« Je n'ai pas tellement envie de revoir ce film », ai-je protesté.

L'autre matin, une expression entendue dans la bouche d'une femme, à une table voi-sine, au café de la place Blanche, m'avait effrayée : « Le cadavre dans le placard. » J'avais envie de demander à Moreau-Badmaev si la pellicule d'un film vieillit et se décompose comme les cadavres, avec le temps. Alors, les visages de Sonia O'Dauyé et de la Petite Bijou seraient rongés par une sorte de moisissure et on ne pourrait plus entendre leurs voix.

*

Il m'a dit que j'étais très pâle et il m'a pro-posé de dîner avec lui, tout près d'ici.

Nous avons suivi le boulevard Jourdan sur le trottoir de gauche et nous sommes entrés dans un grand café. Il a choisi une table sur la terrasse vitrée.

« Vous voyez, nous sommes juste en face de la Cité universitaire. »

Et il me désignait, de l'autre côté du boulevard, un bâtiment qui ressemblait à un château.

« Les étudiants de la Cité universitaire viennent ici, et comme ils parlent toutes les langues, on a appelé ce café Le Babel. »

J'ai regardé autour de moi. Il était tard et il n'y avait plus beaucoup de monde.

« Je viens souvent ici et j'écoute les gens parler leur langue. C'est un bon exercice pour moi. Il y a même des étudiants iraniens, mais, malheureusement, aucun ne parle le persan des prairies. »

À cette heure-là, on ne servait plus de plats, et il a commandé deux sandwichs.

« Et qu'est-ce que vous voulez boire ?

— Un verre de whisky pur. »

C'était à peu près l'heure où, l'autre nuit, j'étais allée, rue Puget, au Canter, pour acheter des cigarettes. Et je me rappelais combien je m'étais sentie mieux quand ils m'avaient fait boire le verre de whisky. Je respirais bien, l'angoisse avait fondu avec ce poids qui m'étouffait. C'était presque aussi bon que l'éther de mon enfance.

« Vous avez dû faire de bonnes études, vous… »

Et j'ai eu peur que dans ma voix perce un peu d'envie et d'amertume.

« Simplement le baccalauréat et l'École des langues orientales…

— Vous croyez que je pourrais m'inscrire à l'École des langues orientales ?

— Bien sûr. »

Ainsi, je n'aurais pas tout à fait menti à la pharmacienne.

« Vous avez passé vos bachots ? »

J'ai voulu d'abord lui répondre oui, mais c'était trop bête de mentir encore, maintenant que je m'étais confiée à lui.

« Non, malheureusement. »

Et je devais avoir l'air si honteuse et si désolée qu'il a haussé les épaules et m'a dit :

« Ce n'est pas très grave, vous savez. Il y a des tas de gens formidables qui n'ont pas leur bachot. »

Alors, j'ai essayé de me rappeler les écoles que j'avais connues : d'abord le pensionnat, à partir de cinq ans, où les grandes s'occupaient de nous. Qu'était devenue Thérèse depuis tout ce temps ? Il y a une chose au moins que j'aurais pu reconnaître chez elle, le tatouage qu'elle portait à l'épaule, et dont elle m'avait dit que c'était une étoile de mer. Et puis le cours Saint-André, quand j'avais retrouvé ma mère dans le grand appartement. Mais au bout de quelque temps elle m'avait appelée la Petite Bijou et elle avait voulu que je sois dans le film *Le Carrefour des archers* avec elle. Je n'allais plus au cours Saint-André. Je me souvenais aussi d'un jeune homme qui s'occupait de moi pendant un temps très court. Ma mère l'avait peut-être trouvé grâce à l'agence Taylor et à ce type roux qui m'avait envoyée chez les Valadier. Un hiver qu'il neigeait beaucoup sur Paris, ce jeune homme m'avait emmenée faire de la luge dans les jardins du Trocadéro.

« Vous n'avez pas faim ? »

Je venais de boire une gorgée de whisky et il me considérait avec inquiétude. Je n'avais pas touché à mon sandwich.

« Vous devriez manger un peu… »

Je me suis forcée à prendre une bouchée, mais j'ai eu vraiment de la peine à l'avaler. J'ai bu encore une gorgée de whisky. Je n'avais pas l'habitude de l'alcool. C'était amer, mais cela commençait à faire son effet.

« Vous buvez souvent ce genre de chose ?

— Non. Pas souvent. Juste ce soir, pour me donner le courage de parler… »

Je lui montrerais cette photo du film *Le Carrefour des archers* que j'avais rangée au fond de la boîte de métal. J'évitais de la regarder. J'étais debout, vêtue d'une chemise de nuit, les yeux grands ouverts, une torche électrique à la main, et je marchais dans les couloirs du château. J'étais sortie de ma chambre à cause de l'orage.

« Il y a une chose que je ne comprends pas. Pourquoi votre mère vous a laissée pour partir au Maroc ? »

Comme c'était drôle d'entendre quelqu'un vous poser les questions que vous étiez seule jusqu'à présent à vous poser à vous-même... Dans la maison de Fossombronne, j'avais surpris, parfois, des bribes de conversation entre Frédérique et ses amies. Elles croyaient que je n'entendais pas ou que j'étais trop jeune pour comprendre. Des mots m'étaient restés gravés dans la mémoire — surtout ce que disait la brune, celle qui avait connu ma mère à ses débuts et qui ne l'aimait pas. Elle avait dit, un jour : « Heureusement que Sonia a quitté Paris à temps... » Je devais avoir treize ans et cela m'avait semblé mystérieux, mais je n'avais pas osé demander des explications à Frédérique.

« Je ne sais pas exactement, lui ai-je dit. Je crois qu'elle est partie avec quelqu'un. »

Oui, un homme l'avait emmenée là-bas ou lui avait demandé de le rejoindre. Jean Borand ? Je ne pense pas. Il aurait proposé que je sois du voyage. Un soir, en l'absence de Frédérique, elles avaient encore parlé de ma mère, et la brune avait dit : « Sonia fréquen-

tait des types bizarres. » L'un de ces « types »
avait payé — disait-elle — « pour que Sonia
tourne un film ». J'avais compris que c'était *Le
Carrefour des archers*.

Un après-midi d'été, j'avais fait une promenade dans la forêt avec Frédérique. Il fallait
suivre le chemin du Bréau et l'on débouchait
sur la forêt. Je lui avais demandé pourquoi,
d'un jour à l'autre, ma mère s'était retrouvée
dans ce grand appartement. Elle avait rencontré quelqu'un, et il l'avait installée là-bas.
Mais cet homme, on n'avait jamais connu son
nom. C'était sans doute lui qui l'avait emmenée au Maroc. Plus tard j'ai imaginé un
homme sans visage, portant des valises, la
nuit. Des rendez-vous dans des halls d'hôtel,
sur des quais de gare, et toujours dans une
lumière bleue de veilleuse. Des camions que
l'on charge dans des garages vides, comme
celui de Jean Borand, près de la gare de Lyon.
Et une odeur de feuilles mortes et de pourri-
ture, l'odeur du bois de Boulogne, le soir où
elle avait perdu le chien.

*

Il devait être tard, puisque le garçon est
venu nous dire que le café allait fermer.

« Vous voulez passer chez moi ? » m'a
demandé Moreau-Badmaev.

Il avait peut-être deviné mes pensées. De nouveau, j'avais senti un poids qui m'empêchait de respirer à la perspective de me retrouver toute seule, cette nuit-là, porte d'Orléans.

Dans son appartement, il m'a proposé de boire quelque chose de chaud. Je l'ai entendu ouvrir, refermer un placard, faire bouillir de l'eau. Il y a eu le tintement de fer d'une casserole. Si je m'allongeais un instant sur le lit, je me sentirais mieux. L'ampoule du trépied répandait une lumière chaude et voilée. J'aurais voulu allumer le poste pour voir la lumière verte. Maintenant, j'étais étendue, la tête sur l'oreiller — un oreiller plus tendre que celui auquel j'étais habituée, rue Coustou —, et j'avais l'impression que l'on m'avait enlevé un corset métallique ou un plâtre qui me serrait la poitrine. J'aurais voulu rester toute la journée ainsi, loin de Paris, dans le Midi, ou à Rome, avec les rayons de soleil qui passent par les lattes des persiennes… Il est entré dans la chambre en tenant un plateau. Je me suis redressée. J'étais gênée. Il m'a dit : « Non, non, restez où vous êtes », et il a posé le plateau par terre, au pied du lit.

Il est venu m'apporter une tasse. Puis il a tiré l'oreiller derrière moi et l'a calé contre le mur pour que je puisse m'y appuyer.

« Vous devriez ôter votre manteau. »

Je ne m'étais même pas rendu compte que j'avais gardé mon manteau. Et mes chaussures. J'ai posé la tasse par terre, à côté de moi. Il m'a aidée à ôter mon manteau et mes chaussures. Quand il a retiré les chaussures, j'ai éprouvé un grand soulagement, comme s'il m'enlevait les bracelets que portaient aux chevilles les forçats et les condamnés à mort. J'ai pensé aux chevilles de ma mère que je devais masser et qui lui avaient fait abandonner la danse classique. L'échec et le malheur de sa vie étaient concentrés dans ces chevilles, et cela finissait par se propager certainement dans tout le corps, comme une douleur lancinante. Maintenant, je la comprenais mieux. De nouveau, il m'a tendu la tasse.

« Du thé au jasmin. J'espère que vous aimez ça. »

Je devais avoir bien mauvaise mine pour qu'il me parle doucement, presque à voix basse. J'ai failli lui demander si j'avais l'air malade, mais j'y ai renoncé. Je préférais ne pas savoir.

« J'ai l'impression que vos souvenirs d'enfance vous préoccupent beaucoup », m'a-t-il dit.

C'était depuis le soir où j'avais vu la femme en manteau jaune dans le métro. Avant, j'y pensais à peine.

J'ai avalé une gorgée de thé. C'était moins amer que le whisky.

Il avait ouvert son bloc de papier à lettres.

« Vous pouvez me faire confiance. J'ai l'habitude de comprendre tout, même les langues étrangères, et la vôtre ne m'est pas étrangère du tout. »

Il paraissait ému de m'avoir fait cette déclaration. Et moi aussi, je me sentais un peu émue.

« Si je comprends bien, vous n'avez jamais su qui avait loué à votre mère ce grand appartement… »

Je me souvenais qu'il y avait un placard dans le mur du salon, là où les marches recouvertes de peluche formaient une sorte d'estrade. Ma mère ouvrait la porte encastrée dans le mur, puis elle sortait une liasse de billets de banque. Je l'avais même vue en donner une à Jean Borand, un jeudi qu'il était venu me chercher. Apparemment, le trésor était inépuisable jusqu'à la fin, jusqu'au jour où elle m'avait conduite gare d'Austerlitz. Et même ce jour-là, avant que je monte dans le train, elle avait rangé dans ma valise une enveloppe qui contenait plusieurs de ces liasses : « Tu les donneras à Frédérique pour qu'elle s'occupe de toi… » Je me suis demandé plus tard d'où elle tirait tout cet argent. Du même homme qui lui avait procuré l'appartement ?

Le type dont on n'avait jamais connu le nom ? Ni le visage. J'avais beau fouiller dans ma mémoire, je n'avais jamais vu un homme venir régulièrement dans l'appartement. Et cela ne pouvait pas être Jean Borand puisqu'elle lui donnait de l'argent. C'était peut-être mon père, après tout, ce type. Mais il ne voulait pas se montrer, il voulait rester un père inconnu. Il venait sans doute très tard, vers 3 heures du matin, quand je dormais. Souvent, je me réveillais en pleine nuit et, chaque fois, je croyais entendre des éclats de voix. Ma chambre était assez proche de celle de ma mère. Douze ans après, j'aurais été curieuse de connaître ses pensées, quand elle se trouvait le premier soir dans l'appartement, après avoir quitté sa chambre d'hôtel de la rue d'Armaillé. Un sentiment de revanche sur la vie ? Elle n'avait pas pu devenir danseuse étoile, et maintenant, sous une nouvelle identité, elle avait voulu jouer un rôle dans un film en m'entraînant avec elle, comme un chien savant. Et ce film, d'après ce que j'avais compris à Fossombronne en écoutant leurs conversations, c'était le type dont on n'avait jamais connu le nom qui le lui avait payé.

« Vous permettez ? »

Il s'était levé et se penchait vers la radio. Il a tourné le bouton et la lumière verte s'est allumée.

« Il faut que j'écoute une émission cette nuit… Pour mon travail… Mais je ne sais plus très bien à quelle heure elle commence… »

Il tournait le bouton lentement, comme s'il cherchait un poste très difficile à capter. Quelqu'un parlait dans une langue aux sonorités gutturales et, entre chaque phrase, il y avait un long silence.

« Voilà… c'est ça… »

Au fur et à mesure que les phrases se succédaient, il prenait des notes sur son bloc de papier à lettres.

« Il annonce les programmes de la nuit… L'émission qui m'intéresse ne passe pas tout de suite… »

J'étais contente de voir cette lumière verte. Je ne sais pas pourquoi, elle me rassurait, comme la lampe qui reste allumée dans le couloir de la chambre des enfants. S'ils se réveillent en pleine nuit, il y aura de la lumière, par la porte entrebâillée…

« Ça vous dérange si je laisse la radio ? Je le fais à tout hasard pour être sûr de ne pas manquer l'émission… »

Maintenant, on entendait une musique qui ressemblait à celle de l'autre nuit, quand j'étais dans la chambre de la rue Coustou, avec la pharmacienne. Une musique limpide, évoquant la marche d'une somnambule, la nuit, à travers une place déserte, ou le vent

146

qui souffle sur une promenade de bord de mer, en novembre.

« Ça ne vous dérange pas, cette musique de fond ?

— Non. »

Si je l'avais écoutée, toute seule, elle m'aurait semblé bien cafardeuse, mais avec lui, cela ne me dérangeait pas. Au contraire, elle m'apaisait plutôt, cette musique.

« Et vous vous rappelez encore l'adresse du grand appartement ? »

Sur la couverture de l'agenda de ma mère, après la mention : « En cas de perte renvoyer ce carnet à », j'avais reconnu sa grande écriture : « Comtesse Sonia O'Dauyé, PASSY, 15 28. »

« Je me souviens même du numéro de téléphone », lui ai-je dit.

Je l'avais composé si souvent dans la cabine du café… Un client avait dit que j'étais « la petite du 129 »… C'était en fin d'après-midi, quand je rentrais du cours Saint-André et qu'il n'y avait personne pour m'ouvrir la porte. Ni ma mère, ni le cuisinier chinois, ni sa femme. Le cuisinier chinois rentrerait vers 7 heures, mais la comtesse Sonia O'Dauyé serait peut-être absente jusqu'au lendemain. Chaque fois, je me disais, pour me rassurer, qu'elle n'avait pas entendu la sonnette de la porte. Elle entendrait certainement la sonnerie du téléphone. PASSY 15 28.

« On peut toujours essayer de faire le numéro », m'a dit Moreau-Badmaev, en souriant.

C'était une idée qui ne m'avait jamais traversé l'esprit depuis douze ans. À Fossombronne, le jour où j'avais entendu Frédérique dire qu'elle était allée autrefois avenue de Malakoff pour y prendre des affaires que ma mère y avait laissées, je m'étais demandé quelles affaires ? Le portrait de Tola Soungouroff ? Mais elle m'avait expliqué qu'elle n'avait pas pu entrer. Il y avait les « scellés » à la porte de l'appartement. Oui, des cachets de cire rouge collés à la porte. Et j'avais rêvé, cette nuit-là, que ma mère portait à l'épaule une marque au fer rouge.

« Vous dites PASSY 15 28 ? »

Il prenait le téléphone, au pied de la table de nuit, et le posait sur le lit. Il me tendait l'écouteur et composait le numéro. À l'époque de l'appartement, j'avais du mal à lire les lettres et les chiffres sur le cadran dans la cabine du café.

Les sonneries se sont succédé longtemps. Elles avaient un drôle de son grêle, étouffé. Qui pouvait habiter maintenant cet appartement ? Les vrais propriétaires, sans doute. Les vrais enfants — ceux qui étaient mentionnés sur la plaque, dans la cuisine — avaient retrouvé la chambre que j'avais occupée en fraude pendant deux ans. Et dans la chambre où ma mère dormait, il y avait maintenant de vrais parents.

« Ça n'a pas l'air de répondre », a dit Moreau-Badmaev.

Je gardais l'écouteur contre mon oreille. On a fini par décrocher, mais personne ne répondait. Des voix proches, des voix lointaines, d'hommes et de femmes. Ils essayaient de s'appeler et de se répondre, à tâtons. Parfois, j'entendais distinctement deux personnes qui se parlaient entre elles et leurs voix recouvraient celles des autres.

« Le numéro n'est plus attribué. Alors, les gens s'en servent pour faire connaissance et prendre rendez-vous. Ça s'appelle le Réseau. »

Toutes ces voix inconnues, c'était peut-être les personnes qui figuraient dans l'agenda de ma mère et dont les numéros de téléphone ne répondaient plus. On entendait aussi une sorte de bruissement, le vent dans les feuillages, l'été, avenue de Malakoff. Alors, je me suis dit que, depuis notre départ, l'appartement n'était plus habité par personne, sauf par des fantômes, et ces voix. On n'avait pas enlevé les scellés. Les fenêtres étaient restées grandes ouvertes, et voilà pourquoi on entendait le vent. Il n'y avait plus d'électricité, comme la nuit du bombardement où j'avais eu si peur que j'avais couru rejoindre ma mère dans le salon. Elle avait allumé des bougies.

Elle ne recevait pas beaucoup de visites. Deux femmes venaient souvent : la grosse Madeleine-Louis et Simone Bouquereau. Plus tard, je les ai revues dans la maison de Frédérique à Fossombronne, mais elles m'évitaient et elles n'avaient vraiment pas envie de me parler de ma mère. Peut-être se reprochaient-elles quelque chose.

Simone Bouquereau avait une petite tête de momie blonde, et sa maigreur me frappait. La brune avait dit que « Simone avait fait une cure de désintoxication ». Et un soir, après le dîner, elle croyait que j'étais montée dans ma chambre et elle parlait du passé avec Frédérique : « C'était Simone qui approvisionnait la pauvre Sonia... » J'avais noté la phrase sur un bout de papier. À partir de quatorze ans, ce que j'ai pu écouter en cachette leurs conversations, pour essayer de comprendre... J'avais demandé à Frédérique ce que cela voulait dire. « Ta mère prenait de temps en temps de la morphine depuis qu'elle avait eu son accident. » Je n'avais pas compris de quel accident elle voulait parler. Ses chevilles ? La morphine est un bon remède contre la douleur, paraît-il.

J'avais gardé l'écouteur à mon oreille. Les voix étaient recouvertes par le bruissement du vent dans les feuillages. J'imaginais ce vent qui faisait claquer les portes et les fenêtres et soufflait des volées de feuilles mortes sur le parquet et les marches recouvertes de peluche, dans le salon. La peluche avait dû pourrir et se transformer en mousse, les vitres des fenêtres étaient brisées. Des centaines de chats avaient envahi l'appartement. Et aussi des chiens noirs comme celui qu'elle avait perdu dans le bois de Boulogne.

« Vous reconnaissez la voix de quelqu'un ? » m'a demandé Moreau-Badmaev. Il avait posé le combiné du téléphone sur le lit et me souriait.

« Non. »

J'ai raccroché le combiné et j'ai remis le téléphone à sa place.

« Ça me fait peur de rentrer toute seule chez moi, lui ai-je dit.

— Mais vous pouvez rester ici. »

Il secouait la tête comme si c'était une évidence.

« Maintenant, il faut que je travaille… j'espère que le bruit de la radio ne vous dérangera pas… »

Il est sorti de la chambre, puis il est revenu en portant un vieil abat-jour qu'il a fixé tant bien que mal au trépied. La lumière de l'ampoule était encore plus voilée. Puis il s'est assis sur le bord du lit, près de la radio. Et il a posé le bloc de papier à lettres sur ses genoux.

« La lumière n'est pas trop forte pour vous ? »

Je lui ai répondu que c'était très bien comme ça.

J'étais allongée de l'autre côté du lit, le côté de l'ombre. J'entendais la voix de tout à l'heure, à la radio, aussi gutturale. Le même silence entre les phrases. Il écrivait au fur et à mesure sur son bloc de papier à lettres. Je ne pouvais plus détacher mon regard de la lumière verte et j'ai fini par m'endormir.

Le mercredi, la pharmacienne était revenue de Bar-sur-Aube. Je lui ai téléphoné, et elle m'a dit que nous pourrions nous voir dans la soirée. Elle m'a proposé de la rejoindre dans son quartier, mais de nouveau j'avais peur de prendre le métro et de me déplacer toute seule à travers Paris. Alors, je l'ai invitée à dîner dans le café de la place Blanche.

Je me demandais ce que j'allais bien pouvoir faire jusqu'au soir. Je ne me sentais pas le courage de retourner à Neuilly m'occuper de la petite. Ce que j'appréhendais, surtout, c'était de longer le bois, près du jardin d'Acclimatation, dans cette zone où s'était perdu le chien. Presque chaque jour, je me promenais avec le chien du côté de la porte Maillot. Il y avait là, encore à cette époque, le Luna Park. Un après-midi, ma mère m'avait demandé si j'aimerais aller à Luna Park. Je croyais qu'elle avait l'intention de m'y accompagner. Mais non.

Quand j'y repense aujourd'hui, je crois qu'elle voulait tout simplement que je la laisse seule cet après-midi-là. Peut-être avait-elle rendez-vous avec le type dont on n'a jamais connu le nom et grâce auquel nous habitions cet appartement. Elle a ouvert la porte encastrée dans le mur du salon, elle m'a tendu un grand billet de banque et elle m'a dit : « Va t'amuser à Luna Park. » Je ne comprenais pas pourquoi elle me donnait tout cet argent. Elle semblait si préoccupée que je n'ai pas osé la contrarier. Dehors, j'ai envisagé de ne pas aller à Luna Park. Mais elle risquait, à mon retour, de me poser des questions, de me demander de lui montrer le ticket d'entrée ou les tickets de manèges, car elle avait souvent des idées fixes et il ne fallait pas essayer de lui mentir. Et moi, à cette époque, je ne savais pas mentir.

Quand j'ai acheté le ticket, à l'entrée, le monsieur a paru surpris que je paye avec un aussi gros billet. Il m'a rendu la monnaie et il m'a laissée passer. Une journée d'hiver. On aurait dit qu'il faisait nuit. Au milieu de cette fête foraine, j'ai eu l'impression d'être dans un mauvais rêve. Ce qui me frappait surtout, c'était le silence. La plupart des baraques étaient fermées. Les manèges tournaient dans le silence et il n'y avait personne sur les chevaux de bois. Et personne dans les allées. Je suis arrivée au pied du grand manège. Des traîneaux montaient et descendaient les pentes à toute vitesse, mais ils étaient vides. À l'entrée du grand manège, j'ai remarqué trois garçons plus âgés que moi. Ils portaient de vieilles chaussures trouées, et ce n'était pas la même chaussure à chaque pied. Et des blouses grises trop courtes et déchirées. Ils avaient dû entrer à Luna Park en cachette, car ils regardaient de droite à gauche comme s'ils étaient poursuivis. Mais ils avaient l'air de vouloir monter dans le grand manège. J'ai marché vers eux. J'ai donné au plus grand les billets de banque qui me restaient. Et j'ai couru en espérant qu'on me laisse sortir.

Non, je n'irais pas aujourd'hui chez les Valadier, mais il fallait les prévenir. J'ai quitté ma chambre et j'ai marché jusqu'à la poste de la place des Abbesses, après avoir acheté au café tabac des Moulins une enveloppe et une feuille de papier. Je me suis installée devant l'un des guichets de la poste et j'ai écrit :

Chère Véra Valadier, je ne pourrai pas venir aujourd'hui m'occuper de votre fille parce que je suis souffrante. Je préfère rester tranquille jusqu'à samedi et je serai chez vous comme d'habitude à 4 heures de l'après-midi. Excusez-moi. Mes amitiés à M. Michel Valadier.

THÉRÈSE.

Pour que cette lettre lui parvienne à temps, je l'ai envoyée par pneumatique. Puis, j'ai fait une promenade dans le quartier. Il y avait du soleil et, à mesure que je marchais, je me sentais mieux. Je respirais bien. Je suis arrivée en bordure des jardins du Sacré-Cœur et je ne pouvais m'empêcher de suivre des yeux les allées et venues du funiculaire. Je suis rentrée dans ma chambre de la rue Coustou, je me suis allongée sur le lit et j'ai essayé de lire le livre que m'avait prêté Moreau-Badmaev. Ce n'était pas la première fois. Je commençais, j'essayais de lutter contre ma distraction, je revenais toujours à la phrase du début comme sur un tremplin pour m'élancer et je gardais cette première phrase dans la tête : « La banlieue de la vie n'offre généralement pas à ses habitants ce confort auquel sont habitués ceux qui demeurent au centre des grandes villes. »

*

Je lui avais donné rendez-vous à 20 heures au café de la place Blanche. C'est celui qui ressemble à une petite maison. Il y a une salle au premier étage, mais je lui avais dit que je serais à l'une des tables du rez-de-chaussée.

Je suis arrivée une demi-heure à l'avance et j'ai choisi une table près de la baie vitrée qui donne sur la rue Blanche. Le garçon m'a demandé si je voulais boire quelque chose et j'ai été tentée de commander un verre de whisky pur. Mais c'était idiot, je n'avais pas besoin de cela. Je ne sentais pas ce poids qui m'oppressait d'habitude. Je lui ai dit que j'attendais quelqu'un, et ces deux simples mots m'ont fait autant de bien à prononcer que n'importe quel alcool.

Elle est entrée dans le restaurant à 8 heures précises. Elle portait le même manteau de fourrure que la dernière fois, et des chaussures plates. Elle m'a vue tout de suite. Quand elle a marché vers la table, je lui ai trouvé une allure de danseuse, mais il était plus rassurant pour moi qu'elle soit pharmacienne. Elle m'a embrassée sur le front, et elle s'est assise à côté de moi sur la banquette.

« Ça va mieux que l'autre soir ? »

Elle me souriait. Il y avait quelque chose de protecteur dans ce sourire et dans ce regard. Je n'avais pas vraiment remarqué que ses yeux étaient verts. J'étais trop déboussolée, ce dimanche, sur le fauteuil de la pharmacie et, plus tard, dans ma chambre, la lumière n'était pas aussi vive que dans le restaurant.

« Je vous ai apporté ça pour vous remonter. »

Et elle sortait de l'une des poches de son manteau, qu'elle avait étalé sur la banquette, deux boîtes de médicaments.

« Ça, c'est du sirop pour votre toux… Il faut en prendre quatre fois par jour… Ça, ce sont des comprimés pour dormir… Vous en prenez un le soir, et chaque fois que vous vous sentez un peu bizarre… »

Elle posait les boîtes devant moi, sur la table.

« Et je crois que ce serait bien qu'on vous fasse des piqûres de vitamine B12. »

Je lui ai dit simplement merci. J'aurais voulu lui en dire plus, mais je n'avais plus l'habitude qu'on prenne soin de moi depuis que les bonnes sœurs, le jour où j'avais été renversée par la camionnette, avaient eu la gentillesse de me faire respirer un tampon d'éther.

Nous sommes restées un instant sans rien dire. Malgré une certaine autorité que je sentais chez elle, j'avais l'impression qu'elle était aussi timide que moi.

« Vous n'auriez pas été danseuse ? »

Elle a paru surprise par ma question, et puis elle a éclaté de rire :

« Pourquoi ?

— Tout à l'heure, j'ai trouvé que vous aviez une démarche de danseuse. »

Elle m'a dit qu'elle avait pris des cours de danse jusqu'à douze ans, comme la plupart des filles. Mais rien de plus. J'ai pensé à une autre photo, au fond de la boîte à biscuits.

Deux filles de douze ans, en tenue de danseuse. Et derrière la photo était inscrit d'une écriture enfantine à l'encre violette : « Josette Dagory et Suzanne » — c'était le vrai prénom de ma mère. Jean Borand avait la même photo accrochée au mur de son bureau, dans le garage. Tout allait encore bien à l'époque de cette photo. Mais à quel moment s'était produit l'accident aux chevilles ou l'accident tout court ? Quel âge avait-elle ? Maintenant c'était trop tard pour le savoir. Plus personne ne pouvait me le dire.

Quand le garçon s'est présenté à notre table, elle s'est étonnée que je ne commande rien.

« Il faut prendre des forces avec la mine que vous avez… »

Moreau-Badmaev avait employé les mêmes paroles, mais elle avait plus d'autorité que lui.

« Je n'ai pas très faim.

— Alors, vous partagerez avec moi. »

Je n'ai pas osé la contredire. Elle m'a servi la moitié de son plat et je me suis efforcée d'avaler, en fermant les yeux et en comptant les bouchées.

« Vous venez souvent ici ? »

Je venais surtout le matin, très tôt, à l'ouverture du café, le moment de la journée où je me sentais le mieux. Quel soulagement d'en

159

avoir fini avec le sommeil lourd et les mauvais rêves.

« Ça faisait longtemps que je n'étais plus revenue dans ce quartier », m'a-t-elle dit.

Et elle me désignait, derrière la baie vitrée, la pharmacie, de l'autre côté de la rue Blanche.

« J'ai travaillé ici, quand j'ai commencé à faire mon métier… C'était moins tranquille que l'endroit où je suis maintenant. »

Elle avait peut-être connu ma mère, après son « accident », quand elle était danseuse par ici, et qu'elle habitait encore une chambre d'hôtel. Les années se brouillaient dans ma tête.

« Je crois qu'il y avait beaucoup de danseuses dans les parages, en ce temps-là, lui ai-je dit. Vous en avez connu ? »

Elle a froncé les sourcils.

« Oh, vous savez, il y avait un peu de tout dans le quartier…

— Vous travailliez la nuit ?

— Oui. Souvent. »

Elle fronçait toujours les sourcils.

« Je n'aime pas beaucoup parler du passé… Vous ne mangez presque rien… Ce n'est pas raisonnable. »

J'ai avalé une dernière bouchée pour lui faire plaisir.

« Vous comptez encore rester longtemps dans le quartier ? Vous ne pourriez pas trouver une chambre plus proche de l'École des langues orientales ? »

Mais oui, je lui avais dit l'autre soir que j'étais inscrite à l'École des langues orientales. J'avais oublié que pour elle j'étais une étudiante.

« Je compte bien changer de quartier dès que je le pourrai… »

J'avais envie de lui confier que cette banquette où j'étais assise, place Blanche, ma mère l'occupait sans doute il y a vingt ans. Et, au moment de ma naissance, elle habitait comme moi maintenant une chambre au 11 de la rue Coustou, peut-être la mienne.

« Pour aller à l'école, c'est assez pratique, lui ai-je dit. Je prends le métro à Blanche et c'est direct jusqu'à Sèvres-Babylone. »

Elle avait de nouveau un sourire ironique comme si elle n'était pas dupe de ce mensonge. J'avais parlé au hasard. Je ne savais même pas où se trouvait l'École des langues orientales.

« Vous avez l'air tellement soucieuse, m'a-t-elle dit. Je voudrais savoir ce qui vous préoccupe… »

Elle avait rapproché son visage du mien. Toujours ces yeux verts fixés sur moi. Elle voulait lire mes pensées, j'allais tomber dans une douce torpeur, et parler sans m'arrêter, tout lui avouer. Et elle n'aurait pas besoin de prendre de notes comme Moreau-Badmaev.

« Je vais encore rester quelque temps dans le quartier et après ce sera fini. »

Plus elle me fixait de ses yeux verts, plus je voyais clair en moi. Il me semblait même que je me détachais de moi. C'était simple, il y avait une fille aux cheveux châtains, d'à peine dix-neuf ans, assise ce soir-là sur une banquette du café de la place Blanche. Tu mesures un mètre soixante et tu portes un pull-over blanc cassé, en laine, à torsades. Tu vas encore rester là quelque temps, et après, ce sera fini. Tu es là parce que tu as voulu remonter une dernière fois le cours des années pour essayer de comprendre. C'est là, sous la lumière électrique, place Blanche, que tout a commencé. Une dernière fois, tu es revenue dans ton Pays Natal, au point de départ, pour savoir s'il y avait un chemin différent à prendre et si les choses auraient pu être autrement.

« Qu'est-ce qui sera fini ? m'a-t-elle demandé.
— Rien. »

Et j'ai avalé une autre bouchée pour lui faire plaisir.

« Vous devriez prendre un dessert.
— Non, merci. Mais nous pourrions peut-être boire quelque chose.

— Je ne crois pas que l'alcool soit très indiqué pour vous. »

J'aimais son sourire ironique et sa manière précise de parler.

« Cela fait longtemps que vous n'avez pas quitté Paris ? »

Je lui ai expliqué que depuis l'âge de seize ans, je n'avais pas quitté Paris. Sauf deux ou trois fois quand ce type que j'avais connu, Wurlitzer, m'emmenait au bord de la mer du Nord.

« Il faut que vous preniez l'air de temps en temps. Vous ne voulez pas venir avec moi samedi ? Je dois encore passer trois jours à Bar-sur-Aube… Ça vous ferait du bien… J'ai une maison en dehors de la ville. »

Bar-sur-Aube. J'imaginais la première lueur du soleil, la rosée sur l'herbe, une promenade le long du fleuve… Les noms tout simples me faisaient rêver.

Elle m'a encore demandé si je voulais venir samedi à Bar-sur-Aube.

« Malheureusement, je dois travailler l'après-midi, lui ai-je dit.

— Mais je pars vers 6 heures du soir…

— Alors, ce serait possible. C'est vraiment gentil de votre part. »

Je demanderais à Véra Valadier la permission de m'en aller plus tôt que d'habitude. Et la petite ? Ils ne verraient sans doute pas d'objection à ce que je l'emmène pour deux jours à Bar-sur-Aube.

*

Nous avons marché sur le terre-plein du boulevard. Je n'osais pas lui proposer de rester encore avec moi, cette nuit. J'aurais toujours la possibilité de téléphoner à Moreau-Badmaev. Mais si jamais il n'était pas chez lui et qu'il soit occupé à l'extérieur jusqu'à demain ?

Elle a dû sentir mon anxiété. Elle m'avait pris le bras et elle m'a dit :

« Je peux vous raccompagner chez vous, si vous voulez. »

Nous nous sommes engagées dans la rue Coustou. Et là, sur le trottoir de droite, en passant devant la façade de bois sombre du Néant, j'ai vu le panneau dans l'entrée : CINQ-VERNE, SES FILLES ET SON TRAIN FANTÔME, et les mots de Frédérique me sont revenus en mémoire quand elle parlait de ma mère et de l'« accident » qui lui avait fait abandonner la danse classique pour travailler dans des endroits comme celui-là : « Un cheval de course qu'on emmène à l'abattoir. »

« Vous ne voulez quand même pas monter dans le train fantôme ? » m'a demandé la pharmacienne. Son sourire m'a rassurée. Dans la chambre, elle a sorti de l'une des poches de son manteau les boîtes de médicaments et elle les a posées sur la table de nuit.

« Vous n'oublierez pas ? J'ai écrit les indications sur les boîtes… »

Puis, elle s'est penchée vers moi :

« Vous êtes très pâle… Je crois que cela vous fera du bien de passer trois jours hors de Paris. Il y a une forêt près de la maison où l'on peut faire de belles promenades. »

Elle m'a passé une main sur le front.

« Allongez-vous… »

Je me suis allongée et elle m'a dit d'enlever mon manteau.

« J'ai l'impression qu'en ce moment il faut vous surveiller de près… »

À son tour, elle a enlevé son manteau de fourrure et elle est venue le poser sur moi.

« Vous n'avez pas encore de chauffage… Il faudrait que vous veniez passer l'hiver dans mon appartement. »

Elle restait assise au bord du lit et de nouveau elle me fixait de ses yeux verts.

Je suis descendue à la station Porte-Maillot et j'ai suivi l'allée qui longe le jardin d'Acclimatation. Il faisait froid, mais il y avait du soleil et le ciel était d'un bleu limpide comme il l'est peut-être au Maroc. Toutes les fenêtres de la maison des Valadier avaient leurs volets fermés. Au moment où j'allais sonner, j'ai remarqué une lettre, glissée sous la porte. Je l'ai ramassée. C'était la lettre que j'avais envoyée, mercredi, à la poste des Abbesses. J'ai sonné. Personne ne répondait.

J'ai attendu un moment, assise sur la marche de l'entrée. Le soleil m'éblouissait. Puis, je me suis levée et j'ai sonné de nouveau. Alors, je me suis dit que ce n'était pas la peine d'attendre. Ils étaient partis. On avait dû mettre les scellés. D'ailleurs, j'en avais eu le pressentiment, la dernière fois.

Je tenais la lettre dans ma main. Et j'ai senti revenir le vertige. Je le connaissais depuis

longtemps, depuis l'époque de Fossombronne où je m'exerçais à traverser le pont.
La première fois, en courant, une seconde fois,
à grands pas, la troisième fois, je m'efforçais de
marcher le plus lentement possible, au milieu
du pont. Et maintenant aussi, il fallait essayer
de marcher lentement, loin du parapet, en
répétant des mots rassurants. Bar-sur-Aube. La
pharmacienne. Il y a une forêt près de la maison où l'on peut faire de belles promenades. Je
marchais dans l'allée, le long du jardin d'Acclimatation, je m'éloignais de la maison aux volets
fermés. Le vertige était de plus en plus fort.
C'était à cause de cette lettre qu'on avait glissée
pour rien sous la porte et que personne n'ouvrirait jamais. Et pourtant, je l'avais envoyée de la
poste des Abbesses, une poste comme toutes les
autres, à Paris, en France. Les lettres qui
m'étaient destinées et qui venaient du Maroc
avaient dû rester fermées comme celle-là. Elles
portaient sur leurs enveloppes une mauvaise
adresse, ou une simple faute d'orthographe, et
cela avait suffi pour qu'elles s'égarent, les unes
après les autres, dans un bureau de poste
inconnu. À moins qu'on ne les ait renvoyées au
Maroc, mais il n'y avait déjà plus personne là-
bas. Elles s'étaient perdues, comme le chien.

*

À la sortie du métro, c'était toujours le soleil, le ciel bleu du Maroc. Je suis allée au Monoprix de la rue Fontaine et j'ai acheté une bouteille d'eau minérale et une tablette de chocolat au lait sans noisettes. J'ai traversé la place Blanche et j'ai coupé par la rue Puget.

Dans ma chambre, je me suis assise au bord du lit, face à la fenêtre. J'avais posé la bouteille d'eau minérale par terre et la tablette de chocolat sur le lit. J'ai ouvert l'une des boîtes que m'avait données la pharmacienne, et j'ai versé une partie de son contenu dans la paume de ma main. De petits comprimés blancs. Je les ai mis dans ma bouche et je les ai avalés en buvant une gorgée au goulot de la bouteille. Ensuite, j'ai croqué un morceau de chocolat. Puis j'ai recommencé plusieurs fois. Ça passait mieux avec le chocolat.

*

Au début, je ne savais pas où j'étais. Des murs blancs et une lumière électrique. Je me trouvais allongée sur un lit qui n'était pas celui de la rue Coustou. Il n'y avait pas d'oreiller. Ma tête était à plat, contre le drap. Une infirmière brune est venue m'apporter un yaourt. Elle l'a posé à une certaine distance, derrière ma tête, sur le drap. Elle restait debout, à m'observer. Je lui ai dit : « Je ne

peux pas l'attraper. » Elle m'a dit : « Débrouil-
lez-vous. Vous devez faire un effort. » Elle est
partie. J'ai fondu en larmes.

J'étais dans une grande cage de verre. J'ai
regardé autour de moi. D'autres cages de
verre contenaient des aquariums. C'était sans
doute la pharmacienne qui m'avait emmenée
là. Nous avions rendez-vous à 6 heures du soir
pour partir à Bar-sur-Aube. Dans les aquariums, il me semblait que des ombres s'agi-
taient, peut-être des poissons. J'entendais un
bruit de plus en plus fort de cascades. J'avais
été prise dans les glaces, il y a longtemps, et
maintenant elles fondaient avec un bruit
d'eau. Je me demandais quelles pouvaient bien
être ces ombres dans les aquariums. Plus tard,
on m'a expliqué qu'il n'y avait plus de place et
qu'on m'avait mise dans la salle des bébés pré-
maturés. J'ai entendu longtemps encore le
bruissement des cascades, un signe que pour
moi aussi, à partir de ce jour-là, c'était le
début de la vie.

DU MÊME AUTEUR

Aux Éditions Gallimard

LA PLACE DE L'ÉTOILE (Folio n° 698).

LA RONDE DE NUIT (Folio n° 835).

LES BOULEVARDS DE LA CEINTURE (Folio n° 1033).

VILLA TRISTE (Folio n° 935).

EMMANUEL BERL, INTERROGATOIRE.

LIVRET DE FAMILLE (Folio n° 1293).

RUE DES BOUTIQUES OBSCURES (Folio n° 1358).

UNE JEUNESSE (Folio n° 1629 et Folio Plus n° 5).

DE SI BRAVES GARÇONS (Folio n° 1811).

QUARTIER PERDU (Folio n° 1942).

DIMANCHES D'AOÛT (Folio n° 2042).

UNE AVENTURE DE CHOURA, *illustrations de Dominique Zehrfuss.*

UNE FIANCÉE POUR CHOURA, *illustrations de Dominique Zehrfuss.*

VESTIAIRE DE L'ENFANCE (Folio n° 2253).

VOYAGE DE NOCES (Folio n° 2330).

UN CIRQUE PASSE (Folio n° 2628).

DU PLUS LOIN DE L'OUBLI (Folio n° 3005).

DORA BRUDER (Folio n° 3181).

DES INCONNUES (Folio n° 3408).

LA PETITE BIJOU (Folio n° 3766).

En collaboration avec Louis Malle :

LACOMBE LUCIEN, scénario.

En collaboration avec Sempé :

CATHERINE CERTITUDE.

Aux Éditions P.O.L

MEMORY LANE, *en collaboration avec Pierre Le-Tan.*
POUPÉE BLONDE, *en collaboration avec Pierre Le-Tan.*

Aux Éditions du Seuil

REMISE DE PEINE.
FLEURS DE RUINE.
CHIEN DE PRINTEMPS.

Aux Éditions Hoebeke

PARIS TENDRESSE, *photographies de Brassaï.*

Aux Éditions Albin Michel

ELLE S'APPELAIT FRANÇOISE…, *en collaboration avec Catherine Deneuve.*

Composition Imprimerie Folch
Impression Novoprint
à Barcelone, le 15 novembre 2002
1ᵉʳ dépôt légal dans la collection: octobre 2002
Dépôt légal: novembre 2002
ISBN 2-07-042588-X. / Imprimé en Espagne.

*Could she tell him the truth . . .
    about their son?*